莎士比亞悲劇

故事精選

羅密歐與茱麗葉
哈姆雷特
奧賽羅
李爾王
馬克白

改寫◎管家琪

Romeo and Juliet
羅密歐與茱麗葉

1 舞會結束後，茱麗葉獨自走上陽臺，思念著羅密歐。維多利亞時期畫家哈瑟拉爾（William Hatherell, 1855～1928）畫下茱麗葉情思蕩漾的身影。

2 羅密歐與茱麗葉在陽臺上難分難捨，英國畫家迪克西（Sir Frank Dicksee, 1853～1928）的這幅畫作，洋溢著濃濃的情意與浪漫的氣氛。

3 羅密歐與茱麗葉在陽臺上情意纏綿。英國畫家布朗（Ford Madox Brown, 1821～1893）的名作。

4 勞倫斯神父答應為茱麗葉和羅密歐舉行婚禮。美國畫家艾比（Edwin Austin Abbey, 1852～1911）的畫作。

Romeo and Juliet
羅密歐與茱麗葉

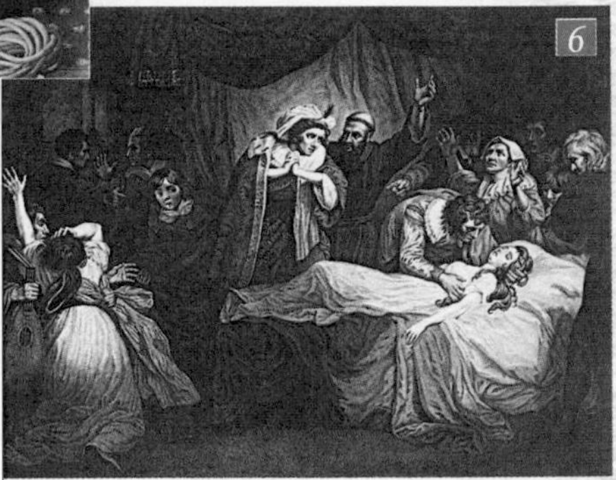

5 茱麗葉從奶媽口中得知羅密歐殺了堂哥，遭到放逐的消息。地上那團繩索，是她為羅密歐攀登陽臺而準備的，但她擔心再也見不到羅密歐了。這是英國畫家斯坦霍普（John Roddam Spencer Stanhope, 1829～1908）的作品。

6 茱麗葉喝下神父給的藥水後，就如死去一般，眾人發現後都震驚不已。英國畫家歐派（John Opie, 1761～1807）生動的描繪出巴里斯伯爵和她的家人驚愕、傷痛的情緒。

7 勞倫斯神父走進凱普萊特家族的墓穴，只見巴里斯與羅密歐已經死亡，茱麗葉正悠悠醒來。英國畫家諾斯科特（James Northcot, 1746～1831）畫出這悲劇性的一刻。

8 羅密歐與茱麗葉的愛情悲劇，終於讓兩個家族決定和好。英國維多利亞時期的名畫家雷頓（Frederic Leighton, 1830～1896）畫下這段淒美故事的最後一幕。

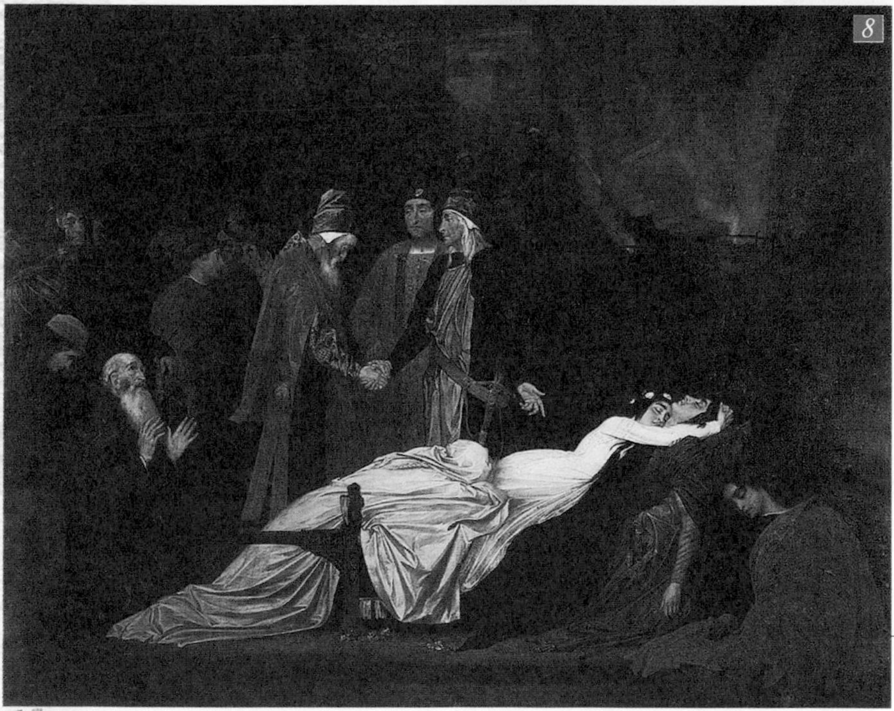

Hamlet
哈姆雷特

1 法國學院派畫家考特（Pierre Auguste Cot, 1837～1883）筆下的奧菲莉雅，美麗動人。

2〈哈姆雷特與奧菲莉雅〉，羅塞蒂（Dante Gabriel Rossetti, 1828～1882）描繪哈姆雷特王子神情狂亂的對待奧菲莉雅的一幕。

3 〈哈姆雷特與霍拉旭在墓地〉，德拉克洛瓦（Eugène Delacroix, 1798～1863）的作品。

4 英國拉斐爾前派畫家沃特豪斯（John William Waterhouse, 1849～1917）筆下的奧菲莉雅，獨坐在大自然的深幽處，寧靜與瘋狂並存。

5 英國畫家休斯（Arthur Hughes, 1832～1915）筆下的奧菲莉雅，纖弱柔美，宛如林間女神。她正走向河邊時，駐足對人間作最後的回眸。

6 英國畫家斯托（Marcus Stone, 1840～1921）的奧菲莉雅似乎若有所思的模樣，身旁散著採來的花朵。

7 英國畫家米雷（John Everett Millais, 1829～1896）的名畫〈奧菲莉雅〉，畫面流露出一股幽寂之美。

8 英國拉斐爾前派畫家休斯深為劇中奧菲莉雅的角色感動，曾為她畫過兩幅作品。這件畫作描繪的奧菲莉雅，因精神受到打擊而面容蒼白、身形纖弱，她披頭散髮的坐在河邊，令人心生不忍。

Othello
奧賽羅

1 英國維多利亞時期畫家雷頓筆下的黛絲狄蒙娜。

2 奧賽羅與黛絲狄蒙娜正情話綿綿。法國浪漫主義畫家夏塞里奧（Théodore Chassériau, 1819～1856）畫出黛絲狄蒙娜又羞怯又愛慕的神情。

3〈奧賽羅與黛絲狄蒙娜相見〉。英國畫家斯托瑟德（Thomas Stothard, 1755～1834）的畫作。

4 奧賽羅講述他的冒險故事。德國畫家貝克（Carl Ludwig Friedrich Becker, 1820～1900）畫出黛絲狄蒙娜及父親布拉班修正聽得入迷的情景。

Othello

奧賽羅

5 夜晚，黛絲狄蒙娜回到臥室，內心卻充滿死亡的陰影。夏塞里奧的作品。

6 奧賽羅怒氣沖沖的回到家，打算殺了黛絲狄蒙娜。法國浪漫主義巨匠德拉克洛瓦畫出劇中最驚心動魄的時刻。

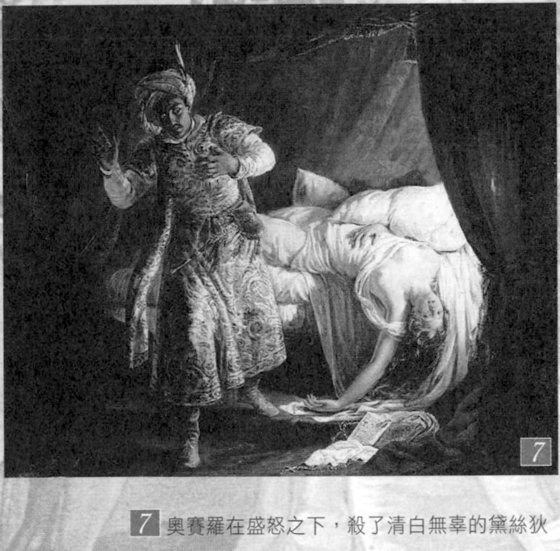

7 奧賽羅在盛怒之下，殺了清白無辜的黛絲狄蒙娜。法國畫家柯林（Alexandre Marie Colin, 1798～1875）畫出最悲劇性的場面。

King Lear
李爾王

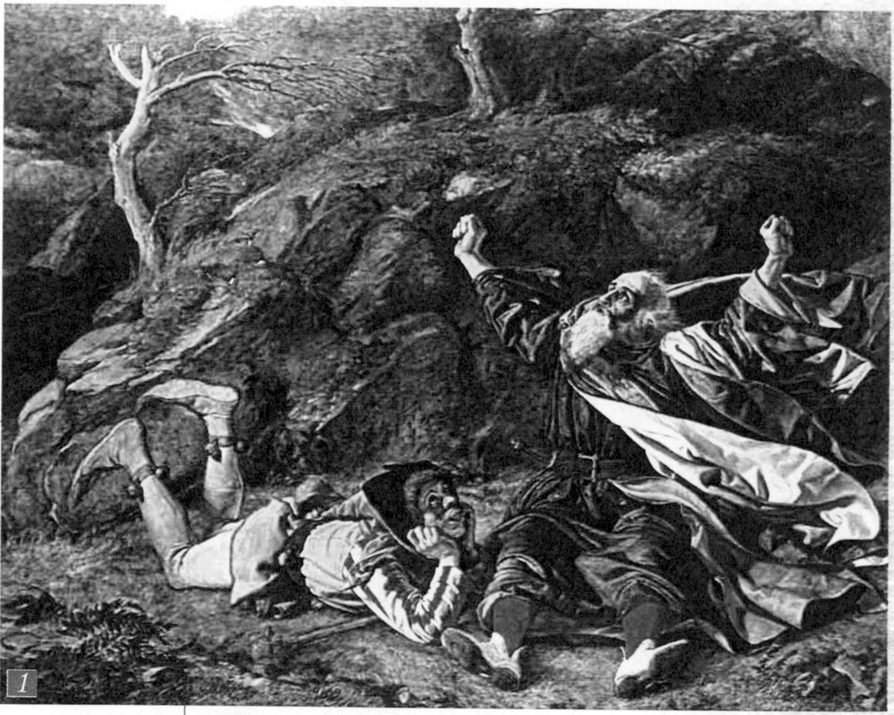

1 失去一切的李爾王淪落到荒野中，瘋瘋傻傻的弄臣陪著他。戴斯（William Dyce, 1806～1864）的畫作。

2 在美國畫家艾比的這幅〈柯迪莉雅的告別〉中，畫面右方佝僂著身軀的是氣憤離去的李爾王，身後的老狗也一副沮喪的模樣。最左邊穿黑衣的是傲慢的大姊葛娜瑞，中間穿黃衣的二姊禮庚則難掩得意之色，穿著紅衣的小公主在臨走前，勸兩位姊姊要照她們所表白的話去孝順父王。

3 葛羅斯特伯爵冒雨趕到荒野，在破茅屋裡看到狼狽不堪的李爾王，身旁只有忠心的肯特和弄臣，角落裡還有一個瘋子。美國畫家委斯特（Benjamin West, 1738～1820）繪出李爾王悽慘的處境。

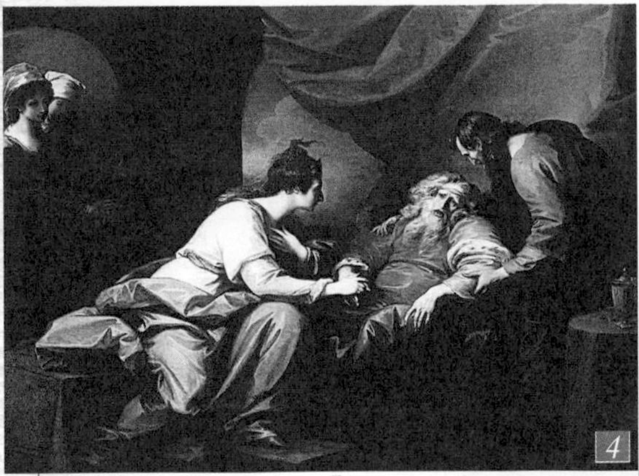

4 小公主柯迪莉雅得知父親悲慘的遭遇，不計前嫌的溫柔照料。美國畫家委斯特的作品。

King Lear
李爾王

5 〈李爾王慟哭柯迪莉雅之死〉，愛爾蘭畫家拜利（James Barry, 1741～1806）的名作。

Macbeth

馬克白

1 馬克白和彭歌在荒原上，遇到三個女巫。菲斯利（Johann Heinrich Füssli, 1741～1825）透過戲劇性的光影處理，流露一股詭異的氛圍。

2 馬克白夫妻倆為了奪取王權，決意不惜手段。英國畫家里德（Stephen Reid, 1873～1948）畫出他們在諂媚中包藏禍心的舉止。

3 薩金特（John Singer Sargent, 1856～1925）畫下英國舞臺劇名伶艾倫·泰瑞所扮演的馬克白夫人。

4〈馬克白看見彭歌的鬼魂〉。夏塞里奧的作品。

5 馬克白夫人難逃良心的譴責，夜夜不成眠。菲斯利呈現她瀕臨精神失常，讓旁人側目的情景。

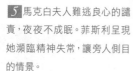

Macbeth

馬克白

6 第一個被女巫召喚出來的幽靈，看起來像個戴著鋼盔的頭顱。菲斯利的畫作呈現了馬克白向邪魔尋求指引的決心，也使自己將墮入黑暗的深淵。

6

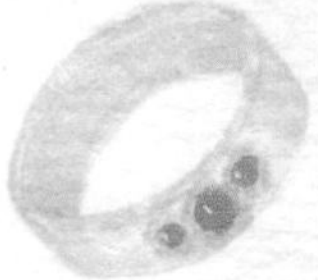

目錄

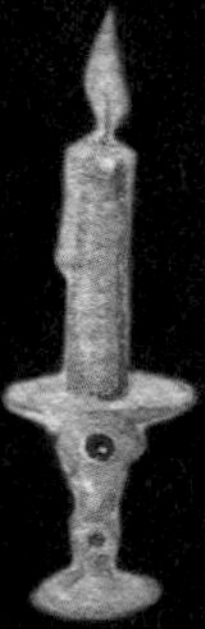

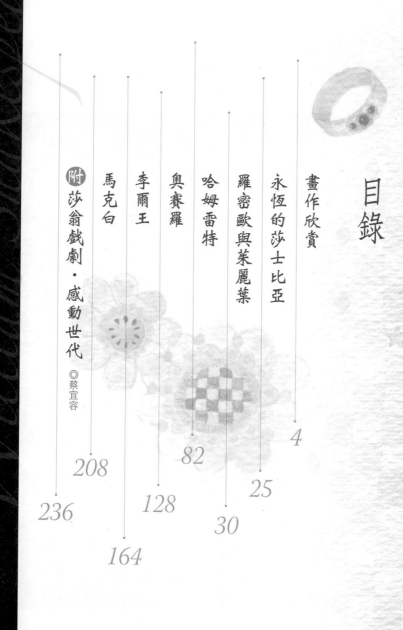

永恆的莎士比亞

謎樣的人物

研究莎士比亞生平的人很多，但是由於莎士比亞是平民出身，沒有受過高等教育，所能找得到的生平資料十分有限，再加上沙士比亞在生前並沒有獲得太多的榮譽，甚至在他過世兩百年後，作品也沒得到普遍的肯定（所謂「莎學」的形成是在十九世紀中葉的事），所以，長久以來一直有人懷疑到底是不是真有這麼一個人，「莎士比亞」會不會只是一個筆名？甚至還有人拚命想找出像《哈姆雷特》、《馬克白》這些偉大劇作的真正作者，例如和莎士比亞處於同一時代的英國著名文學家、哲學家兼思想家培根（1561～1626）就是一個被高度懷疑的對象（「知識就是力量」這句話正是培根的名言），不過這種說法未能得到學術界的廣泛支持。

根據目前學術界普遍認定的資料顯示，威廉．莎士比亞的家鄉是位於艾芬河畔

的斯特拉福鎮。他出生於一五六四年，生日應該是四月二十三日。他是約翰．莎士比亞和瑪莉．亞登的長子，他有兩個姊姊、三個弟弟和兩個妹妹。

莎士比亞在十八歲的時候就結婚了，妻子安妮．海瑟威比他年長八歲。一般推測夫妻倆的感情應該不大好，以至於莎士比亞的遺囑確立是由女兒為繼承人，留給他妻子的只是他一張「次好的床」。

莎士比亞應該活了五十二個年頭。他做過演員。他的人緣很好，朋友們都很喜歡他。他很懂得投資，三十多歲就投資房地產，並擁有環球劇院百分之十的股權。在莎士比亞過世七年左右，他生前的好友——也就是演員約翰．海明奇以及亨利．康戴爾，將他的劇作結集出版。

莎士比亞確實是一個曠世天才，他從未接受過良好的教育，也不懂拉丁文，可是他的詩集創作卻能達到極高的境界；他頗具幽默感，對人性的剖析十分深刻，既能創作輕鬆浪漫的喜劇，又能創作深沉嚴謹的悲劇。莎士比亞也是一位語言大師，非常擅於使用各種比喻，筆尖常帶著詩意，這都是他的劇作非常重要的魅力所在。

文學地位無人能比

法國大文豪雨果（1802～1885年）說，莎十比亞是集詩人、歷史學家、哲學家三種身分於一體的人；德國哲學家馬克思（1818～1883年）說，莎士比亞是人類最偉大的天才之一；德國大文豪歌德（1749～1832年）和萊辛（1729～1781年）都對莎士比亞非常的欣賞與景仰……在西方文學史、甚至是整個世界文學史上，莎士比亞都有著一種任何人也難以企及的崇高地位。

英國的文藝復興（十五世紀後期至十七世紀初），比義大利大概遲了一百年，約在伊莉莎白一世和詹姆士一世的時代。這個時期主要的思想體系是主張「以人為本」，也稱作是「人文主義」，反對中世紀以來以神為中心的世界觀，提倡積極進取的精神，鼓勵人們要享受現世歡樂的生活。後世公認英國文藝復興時期最傑出的代表性作家正是莎士比亞。

他的全部作品包括兩首長詩，一百五十四首十四行詩以及三十八部（也有學者說是三十九部）劇作。莎士比亞的文學地位首推他的戲劇作品，他的創作力非

常豐沛，類型也很多樣，有歷史劇（譬如《亨利六世》、《約翰王》、《亨利八世》）、喜劇（譬如《仲夏夜之夢》、《威尼斯商人》、《愛的徒勞》、《馴悍記》、《庸人自擾》、《錯中錯》等等），還有悲劇（譬如《羅密歐與茱麗葉》、《哈姆雷特》、《馬克白》、《李爾王》、《安東尼與克莉奧佩特拉》、《雅典的泰門》等等）。其中《哈姆雷特》又被稱為問題劇，而《哈姆雷特》、《奧賽羅》、《李爾王》和《馬克白》並稱為「四大悲劇」。在莎士比亞晚期又創作了傳奇劇（譬如《冬天的故事》、《暴風雨》）。莎士比亞不僅是一位多產作家，同時也是一位極少數能在高產的情況之下還能同時兼顧到高品質的作家。

由於莎士比亞的一生大部分是與伊莉莎白一世時期重疊，後期及最高峰的作品則是完成於詹姆士一世，因此，身處如此巨變的時代，莎士比亞在作品中不僅經常流露出動盪不安的氣息，反應了當時社會的變化，說出了許多社會不同階層的心聲，同時也反應出當時社會的許多看法，譬如出自《哈姆雷特》中的臺詞……「弱者，你的名字是女人」，正是反應了當時社會上對女性普遍的看法。

莎士比亞的劇作幾乎都很重視結構，情節豐富，戲劇感強烈。他非常擅長塑造性格鮮明的人物形象，譬如憂鬱王子哈姆雷特、意氣用事的李爾王、因嫉妒而失去理性的奧賽羅、權欲薰心的馬克白……，一個個都是有血有肉，活靈活現，令人難忘。莎士比亞的劇作往往也都有著深刻的意涵，譬如對於秩序的重建、對於理智的探討，認為理智會使人怯懦，唯有激情才能征服理智等等。有學者指出，「智慧」、「榮譽」與「激情」，是莎士比亞劇作永恆的主題。

在莎士比亞的悲劇中，不時會出現一些幽默的言詞；同樣的，在喜劇中也會不時看到一些悲劇的因子。莎士比亞非常擅長討論「矛盾」、處理「矛盾」，或許人生本來就是悲喜交集、充滿矛盾吧；正因如此，莎士比亞的作品才會源遠流長，歷久不衰，不管哪一個時代的人欣賞莎士比亞的作品，都能有所啟發，深受感動。

羅密歐與茱麗葉

在義大利的西北邊，有一座名叫維洛那的小城。城裡有兩個財力雄厚的家族豔凱普萊特和蒙特克。所有維洛那的市民都知道，這兩個家族是世仇，不僅雙方的家族成員都對對方家族心懷惡感，互不來往，就連他們的僕人在街道或市場碰了面也像是仇人相見，動不動就為了一點小事破口大罵，甚至還經常演變至拳腳相向，弄得整個維洛那城總是雞犬不寧。

兩個家族之間的宿怨，後來是因為一雙小兒女的愛情悲劇才宣告終結。這個愛情悲劇，就是羅密歐與茱麗葉的故事。

茱麗葉是凱普萊特夫婦的獨生女，出落得亭亭玉立。有一位年輕的貴族、也是維洛那親王的親戚巴里斯，非常喜歡茱麗葉，已經不止一次向凱普萊特先生提親，想要娶茱麗葉為妻。

這天，凱普萊特家和蒙特克家的僕人又在大街上發生衝突。人群散後，巴里斯在街道上遇到凱普萊特先生，趕緊趨前再度提起婚事。

「老伯，您對於我的求婚有什麼意見？」巴里斯殷殷相問。

凱普萊特先生說：「我的意思早就向您表示過了啊，我的女兒今年還不滿十四歲，完全是個不懂事的孩子，我打算等再過兩個夏天才為她談婚事。」

巴里斯不死心，「可是很多比她年紀更小的人，都已經做了幸福的母親了。」

「太早結果的樹木都會早凋。我在這世上已經沒有什麼特別的期望，只有她是我

唯一的安慰，不過……」凱普萊特先生做了一個折衷的表示：「我同意您向她求愛，只要她願意，我就沒有什麼理由好反對。」

接著，凱普萊特先生就邀請巴里斯當天晚上來家裡參加聚會。凱普萊特先生說：「請您接受我最誠摯的歡迎，今天晚上在寒舍裡，您可以見到燦爛的群星翩然降臨，照亮了黑暗的天空；在蓓蕾一樣嬌豔的女孩們中，您可以充分享受青春的愉快。您可以聽個夠也看個飽，在許多美麗的女孩中，當然，也包括我的女兒在內，挑一個最好的做您的意中人吧。」

於此同時，在街道的另一頭，蒙特克家族中的一個年輕人正和朋友一起漫步談心；這個年輕人正是蒙特克夫婦的兒子羅密歐，在他身邊的則是他的好友班孚里奧。

實際上，班孚里奧是受蒙特克先生之託，想對羅密歐表達關切。最近經常有人看到羅密歐一大早就在郊外走來走去，很可能是一夜沒睡，而當太陽從東方升起的時候，他就跑回家，一個人躲在房間裡，關起了門，閉起了窗，把大好的陽光鎖在外面，為自己製造一個人工的黑夜。家人看得出羅密歐一定是有什麼心事，但是不管怎麼問他又總是不肯說。

「唉，幾點啦？」羅密歐有氣沒力的問。

班孚里奧回答：「才剛剛敲過九點鐘。」

「唉！在悲哀裡渡過的時間似乎格外的長。」

「是什麼悲哀使你的時間過得這樣長？」

「因為我缺少了可以使時間變為短促的東西。」

「你跌進了戀愛的網裡了嗎？」

羅密歐說：「我徘徊在戀愛的門外，因為我得不到意中人的歡心。」

原來，此刻羅密歐正愛戀著一位名叫羅瑟琳的姑娘，但是羅瑟琳對於羅密歐的愛卻沒有回應。

班孚里奧感到無限的同情，「唉！想不到愛神的外表這樣溫柔，事實上卻如此殘暴！」

羅密歐說：「唉！想不到愛神蒙著眼睛，卻會一直闖進人們的心靈！……」

這時，羅密歐注意到街道上一片凌亂，明顯有著剛剛才發生過鬥毆的跡象。

「是誰在這裡打過架了？……不必告訴我，我早就知道了，這些都是怨恨造成的後果，可是愛情的力量比它還要大過許多。」羅密歐說：「啊，吵吵鬧鬧的相愛，親親熱熱的怨恨！啊，無中生有的一切！啊，沉重的輕浮，嚴肅的狂妄，鉛鑄的羽毛，光明的煙霧，寒冷的火焰，憔悴的健康，永遠覺醒的睡眠，否定的存在！我感覺到的愛情正是這麼一種東西，可是我並不喜愛這種愛情。班孚里奧，你不會笑我吧？」

「怎麼會呢，看到你善良的心受到這樣的痛苦，我反倒有點兒想哭。」

「唉！這就是愛情的錯誤，已經有太多的憂愁重壓在我的心頭，你對我表示的同情，徒然使我在太多的憂愁之上再加上一重憂愁……」

「好兄弟，聽我的勸，別再想她了。」

「那麼你教我怎樣才可以忘記她吧。」

班孚里奧果真提出了一個辦法，「你可以放縱你的眼睛，讓它們多看幾個世間的美人。」

羅密歐不相信這個辦法會有什麼用，他認為那只不過會使他更加覺得羅瑟琳確實是美豔無雙。

不久，他們碰到正在大街上跑來跑去邀請賓客的凱普萊特家的僕人，得知當天晚上凱普萊特家會有一場熱鬧非凡的宴會，而所有維洛那的社交名媛都會出席這場晚宴，班孚里奧為了證明自己的意見不錯，就提議不如他們也一起去參加。

身為蒙特克家族的成員，羅密歐知道自己並不合適「不請自來」的出席這場晚

宴，畢竟蒙特克家族是凱普萊特家族的死敵啊。可是班孚里奧堅持要去，並且說只要他們戴上假面具去就行了，沒有人會認出他們的。

「你所熱戀的羅瑟琳也會去喲，」班孚里奧說：「你只要用不帶成見的眼光，把她的容貌好好的跟別人比一比，你就會發現你的天鵝不過是一隻烏鴉罷了。」

「好吧，我倒要去這一次，」羅密歐說：「不是去看你所說的其他美人，只要看看我自己的愛人怎樣大放光彩，我就心滿意足了。」

就這樣，當天晚上，羅密歐、班孚里奧和另一個好友墨古修，以及其他幾個年輕人，有的戴著假面具，有的手持火炬，一起來到凱普萊特家，準備參加盛大的晚宴。

到了門口，羅密歐還有些猶豫，「我們真的就這麼走進去，不說一句道歉的話嗎？」

班孚里奧說：「那種繁文縟節早就已經不時興啦，何況我們只要跳完一支舞就走了。」

「我不要跳舞，」羅密歐向墨古修伸出手，「給我一個火炬，我陰沉的心需要光明。」

墨古修不給，並且說：「不行，好羅密歐，我們一定要你陪著我們跳舞。」

「我實在不能跳，你們都有輕快的舞鞋，我只有鉛一樣沉重的靈魂，把我的身體牢牢的釘在地上，使我的腳步不能移動。」

墨古修不同意，「你是一個戀人，就藉著愛神邱比特的翅膀，高高的飛起來吧。」

羅密歐說：「可是他的箭已經穿透了我的胸膛，我不能藉著他的羽翼高高的飛翔，他已束縛住我整個的靈魂，愛的重擔壓得我只能不斷的下墜。」

墨古修仍然不放棄勸慰，「愛是一件溫柔的東西，要是你拖著它一起下沉，那未免太難為它了。」

「愛是溫柔的嗎？」羅密歐反駁道：「它是太粗暴、太專橫、太野蠻了，它就像荊棘一樣刺人。」

「要是愛情虐待了你，你也可以虐待愛情；它刺痛了你，你也可以刺痛它，這樣你就可以戰勝愛情——哎呀，別說這麼多了，反正呢，要是你已經深陷在愛情的泥沼裡，那麼我們一定要拉你出來！」說著，墨古修就和班孚里奧一起簇擁著羅密歐，大模大樣的走進凱普萊特先生的宅院。

才剛走進去，主人凱普萊特先生就滿面笑容的迎上來，熱情的說：「哈哈哈，歡迎歡迎！從前我也戴過假面具，在一個標緻姑娘的耳邊說些讓她心花怒放的話呢！來來來，小伙子們，今天晚上就跳個盡興吧，姑娘們一定個個都很樂意與你們跳舞，若是有哪一個姑娘居然不樂意而推三阻四，我敢說那一定是因為她的腳上長繭啦。」

忽然，羅密歐的目光被不遠處的一個姑娘強烈吸引住了。他問旁邊的隨從：「站在那邊的姑娘是誰？」

隨從回答不知道。不過，這也不要緊，儘管還不知道她是誰，羅密歐已經忍不住輕聲的自言自語，深深的讚美著姑娘的美貌。他覺得這個動人的姑娘就像一顆天上的明珠降落人間，就連火炬也比不上她的明亮；瞧她與身邊的女伴一比，就像一隻白鴿站在烏鴉群裡。羅密歐頓時感到自己從前的戀愛都是假的，因為直到今天晚上他才遇見了絕世的佳人！他下定決心，等到這支舞一結束，他就要走向她，握一握她的纖纖玉手，向她一訴衷腸。

當羅密歐情不自禁的輕聲讚美著那個姑娘的美麗時，他的聲音被凱普萊特先生的姪子提伯爾特認出來了。提伯爾特本來就是一個性烈如火的人，這會兒發現竟然有蒙特克家族的成員膽敢混進來，更是火冒三丈。

「哼，這個不知死活的傢伙，竟敢套著一個鬼臉，就跑到這裡想來嘲笑我們的盛

會嗎？」提伯爾特怒氣衝天，嚷嚷著要僕人快去把他的劍給拿來。

幸好提伯爾特的舉動及時被凱普萊特先生發現，當凱普萊特先生問清原委，特別是當他得知混進來的是羅密歐的時候，立即阻止提伯爾特莽撞的行為。

凱普萊特先生說：「別生氣，好姪兒，讓他去吧。瞧他的舉動倒也規規矩矩，而且我聽說在維洛那城裡他也算得上是一個品行很好的青年，我無論如何不願意在我自己的家裡跟他鬧事。」

凱普萊特先生還勸提伯爾特趕快收起怒容，和和氣氣的，不要壞了大家的興致。既然伯父如此堅持，提伯爾特只好放棄要對羅密歐不利的想法，但是他同時也咬牙切齒的暗暗發誓，今天暫時嚥下的這口氣，總有一天一定要讓羅密歐連本帶利的一併歸還。

一曲舞罷，羅密歐壯起膽子走向那位美麗的姑娘，非常溫柔的握了一下她的手。在他看來，女孩的玉手就像是一座神聖的廟宇，而他自己就像是一個含羞帶怯的信徒。

羅密歐痴痴的說：「要是我這雙俗手上面的塵汙褻瀆了妳，那麼，我願意用一吻來乞求妳的寬恕。」

女孩露出甜蜜的笑容，回應道：「別這麼侮辱你的手，就算是神明的手本來也是准許信徒接觸的。」

「請妳告訴我，信徒的嘴唇有什麼用處？」

「信徒的嘴唇自然是要用來向神明禱告的。」

「那麼我要向神明禱告，求妳允許讓我把手的工作交給我的嘴唇。」

女孩嬌羞的說：「你的禱告，神明已經准許啦。」

「神明，請容我領受這份殊榮。」說著，羅密歐就輕輕的吻了一下女孩的櫻唇。

「這一吻，滌清了我的罪孽。」羅密歐說。

「可是，你的罪卻沾上了我的唇。」

「啊，妳責備得多好啊，那麼，這一次我要把罪惡收回。」於是，羅密歐再度親吻了女孩。

「你連接吻都講究章法……」

當兩人正在情意綿綿的時候，女孩被一個僕人叫走了，僕人告訴女孩，她的母親正在找她。

女孩匆匆離去，羅密歐則趕緊拉住僕人問道：「誰是她的母親？」

「就是這裡的女主人啊。」

「什麼？那照這麼說，她是凱普萊特家裡的人了？」羅密歐大吃一驚，心想：「天啊，現在我的生死竟然操縱在我仇人的手裡了！」

這時，班孚里奧朝羅密歐走來，「走吧，跳舞快要結束啦。」

羅密歐若有所思道：「是的，我就怕盛宴易散，良機難逢啊。」

他們才剛離開，在屋子的另一頭，女孩也急著要奶媽去打聽剛才和她說話的那個年輕人是誰。

不一會兒，奶媽回來了，「他叫作羅密歐，是蒙特克家裡的人，也就是咱們仇家的獨子。」

「什麼？」女孩也感到非常震驚，忍不住喃喃道：「要是不該相識，何必相逢！」

羅密歐與茱麗葉的悲劇，就從此刻正式拉開了帷幕。

深夜，幾個年輕人才剛離開凱普萊特大宅，大家很快就找不到羅密歐了。

班孚里奧說：「算了，別找了，愛情本來就是盲目的，就讓他在黑暗裡摸索去吧。」

墨古修則說：「愛情要是盲目的，就射不中目標啦！」

班孚里奧又說：「反正他如果是故意避著我們，怎麼找也是白費力氣，不如我們就先回去吧。」

其實，羅密歐倒也不是故意要避開同伴，只是他的心還留在茱麗葉那裡，所以實在沒辦法就這樣掉頭離去，他寧可像一隻無知的飛蛾，重新撲向光明的火焰。

羅密歐從凱普萊特大宅花園圍牆外的小巷，攀牆跳了進去。當他正獨自細細的回味著舞會上的一切時，茱麗葉突然出現在陽臺上。原來，她也正思念著羅密歐，因此儘管舞會已經結束，賓客也都離去了，她仍然捨不得讓這個奇妙又奇異的夜晚就這樣過去，而想要獨自再回味一番。

當茱麗葉出現在陽臺上的時候，羅密歐的心中充滿了狂喜。

「那邊窗子裡亮起來的是什麼光？那就是東方，茱麗葉就是太陽！」羅密歐在心中默默的讚美著：「起來吧，美麗的太陽！趕走那妒嫉的月亮，眼看女弟子比自己還要美得多，她已經氣得臉色發白了……唉，但願她知道我在愛著她……天上兩顆最燦爛的星星，因為有事離去，請求她的眼睛代替它們在空中閃耀。要是她的眼睛變成了天上的星星，天上的星星變成了她的眼睛，那會怎麼樣呢？她臉上的光輝會掩蓋了星星的明亮，正像燈光在朝陽下黯然失色一樣……瞧，她用纖手托住臉龐的姿態是多麼的美妙！啊，但願我是那一隻手套，好讓我親一親她臉上的香澤！」

羅密歐正這麼痴痴的想著，突然聽到茱麗葉嘆了一口氣，一副欲言又止、心事重重的模樣。

「我要不要回答她呢？不，那恐怕太魯莽了，她並不是在跟我說話啊……」羅密歐心想，忍不住盼望著：「啊，再說下去吧，光明的天使！我在這夜色中仰望著妳，

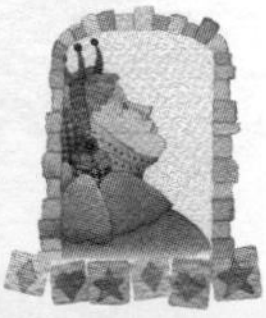

就像一個塵世的凡人，張大了出神的眼睛，瞻望著一個生著翅膀的天使，駕著白雲緩緩駛過天空。」

不一會兒，茱麗葉果真開口了，「羅密歐啊，羅密歐！為什麼你偏偏是羅密歐？為什麼你偏偏是姓蒙特克呢？放棄你的姓名吧！如果你不願意，那麼只要你宣誓做我的愛人，我也不願再姓凱普萊特了。」

聽到茱麗葉如此表露心跡，羅密歐簡直快樂得要暈倒了。

「我是要繼續聽下去呢？還是現在就跟她說話？」羅密歐還沒拿定主意。只聽到茱麗葉繼續說：「只有你的姓名才是我的仇敵，你即使不姓蒙特克，仍然是這樣的你。姓名本來是沒有意義的，我們叫作玫瑰的那種花，要是換了另一個名字，不是也一樣美麗、一樣芬芳嗎？羅密歐，拋棄你的姓名吧！我願意把我整個的身心靈魂，全都用來補償你！」

聽到這裡，羅密歐再也按捺不住了，忍不住開口道：「那麼我就聽你的話，以後就叫我『愛』吧，這就是我全新的名字，從今以後我再也不叫羅密歐了！」

茱麗葉聞言嚇了一大跳，「什麼人？是誰在黑夜裡躲在暗處偷聽人家說話？」

「我沒辦法告訴妳我叫作什麼名字，我痛恨我自己的名字，因為它是妳的仇敵……」

這時，茱麗葉已經聽出來了，驚喜萬分的說：「羅密歐！真的是你嗎？你怎麼會在這裡？你是怎麼來的？花園的圍牆這麼高，如果被家裡的人看到，你會沒命的！」

羅密歐說：「我藉著愛情的輕翼飛過圍牆，因為用磚瓦搭建的圍牆是不能把愛情阻隔的。為了愛情，我願意冒險，我不怕妳家裡人的阻撓。」

可是，茱麗葉還是非常擔憂，「要是他們看見了你，一定會殺了你的。」

「唉！妳的眼睛比他們二十柄刀劍還厲害，只要妳用溫柔的眼光看著我，他們就不能傷害我的身體。」

「我怎麼也不願讓他們看到你在這裡……」

「朦朧的夜色可以替我遮住他們的眼睛，只要妳愛我，就讓他們看見我吧，與其因為得不到妳的愛而在這世上賴活著，還不如在仇人的刀劍下喪生。」

「誰叫你找到這裡來的？」

「是愛情慫恿我探聽出這裡的，愛情替我出主意，我借給他眼睛。我雖然不會駕船，但就算妳是在遙遠的海濱，我也會踏著浪花把妳尋訪。」

茱麗葉十分動情的說：「幸虧黑夜替我罩上了一層面紗，否則為了剛才被你聽去的那些話，你一定可以看見我臉上羞愧的紅暈……」

她進一步解釋道：「我真的太痴心了，所以也許你會覺得我的舉動有點輕浮，可是請你相信我，總有一天你會知道我的忠心遠勝過那些善於矜持作態的人。我必須承認，如果不是你趁我不備的時候偷聽到我真情的表白，我一定會更加矜持一點的……原諒我吧，是黑夜洩漏了我心底的祕密，所以千萬不要把我的允諾看做了輕狂。」

羅密歐當然不會認為心上人輕狂，急急忙忙的說：「姑娘，憑著這一輪皎潔的月亮，我發誓……」

但是，他還沒說完，就被茱麗葉以更為急切的口氣給打斷了。

「啊，不要指著月亮起誓，它是變化無常的，每個月都會有月圓月缺，如果你是指著它起誓，那麼也許你的愛情也會像它一樣的無常。」

「那麼我該指著什麼起誓呢？」羅密歐問。

「不用起誓，或者，如果你真要起誓，就用你那優美的自身起誓吧，那是我所崇拜的偶像，我一定會相信你的。」

「我鄭重起誓——」

「哎，還是別起誓啦，」茱麗葉又改變主意了，「我雖然喜歡你，卻不喜歡今天晚上的密約，我覺得這實在是太倉促、太輕率、太出人意料之外了……再會吧，這一朵愛的蓓蕾，靠著夏天的暖風，也許會在我們下次相見的時候就開出鮮豔的花朵來。晚安，晚安！」

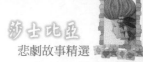

羅密歐一聽就急了，「妳就要這樣離我而去了嗎？不給我一點滿足嗎？」

「今夜你還要什麼滿足呢？」

「我們還沒有交換愛的誓約呢。」

「可是在你還沒有要求之前，我已經把我的愛給了你呀！」

這時，茱麗葉突然聽到奶媽在裡頭叫她，趕緊先應了一聲，然後急急的對羅密歐說：「親愛的，願你不要負心，再等一會兒，我馬上就來！」

說著，茱麗葉苗條秀麗的身影就從陽臺消失，閃進了屋內。羅密歐仍然如痴如醉的仰望著心上人方才站立的地方，喃喃道：「啊，幸福的、幸福的夜啊！我不會只是做了一個夢吧？這樣美滿的事會是真的嗎？」

羅密歐還在發愣，茱麗葉就又出現了，並且用非常篤定的語氣說：「親愛的，再說三句話，我們就真的要再會了。要是你的愛情確實是光明正大，要是你的目的是在於婚姻，那麼明天我們就舉行婚禮吧！我把我整個命運交託給你，明天我會叫我的奶媽去你那裡，請你叫她帶一個口信給我，告訴我你願意在什麼時候、什麼地方舉行婚禮！」

這時，奶媽又在裡頭叫道：「小姐，妳在哪裡？」

茱麗葉回頭朝著屋內嚷了一聲：「我就來！」然後又對羅密歐說：「可是如果你沒有誠意，那麼就請求你停止你的求愛，讓我獨自一個人傷心吧！」

羅密歐趕緊說：「憑著我的靈魂……」

但是他還是沒有機會說完，因為奶媽尋找茱麗葉的聲音又在裡頭響起，茱麗葉不得不再度打斷羅密歐道：「再會了，一千次的晚安！」

說完，茱麗葉就急急忙忙的跑進去了，留下羅密歐獨自低語：「晚上沒有妳的光，我只有一千次的心傷！戀愛的人去赴他情人的約會，就像一個放學歸來的兒童，可是當他和情人分別的時候，卻像是要去上學一樣的滿臉懊喪……」

不過，羅密歐還沒懊喪多久，就驚喜的發現茱麗葉又溜回到陽臺上。還是一樣的

道別，還是一樣的情話綿綿，兩個人難分難捨，到最後終於分開的時候，天都快亮了。

一離開茱麗葉，羅密歐馬上就去找一位芳濟會的教士，也就是德高望重的勞倫斯神父。

勞倫斯神父已經起來了，一看到羅密歐神采奕奕的朝他走來，還滿面春風的跟自己打招呼，就打趣道：「老年人因為多憂多慮，往往容易失眠，可是身心健壯的青年，一上床就應該酣然入睡，所以你的早起，如果不是因為有什麼煩惱，一定就是因為昨天晚上根本就沒有睡覺。」

羅密歐笑著說：「你第二個猜測是對的，我昨夜享受到比睡眠更甜蜜的安息。」

「你是跟羅瑟琳在一起嗎？」

之前羅密歐苦戀羅瑟琳，神父是很清楚的。只是神父萬萬想不到，羅密歐竟然說：「羅瑟琳？不，我已經忘了那一個名字，以及那個名字所帶來的煩惱。」

「這才是我的好孩子，可是……」神父問道：「那你昨天晚上究竟是在什麼地方呢？」

「在凱普萊特家，我心底的一往情深，已經完全傾注在凱普萊特先生美麗的女兒身上了，而且她也同樣的愛我，所以我們想請你答應就在今天替我們成婚……」接著，羅密歐把昨晚的情形大致跟神父說了一下。

「聖芳濟啊！多麼快的變化啊！」勞倫斯神父大吃一驚，「難道你所深愛的羅瑟琳，就這樣被你拋棄了嗎？這樣看來，年輕人的愛情果然都是說變就變的啊！想想這段時間你為了羅瑟琳，曾經用多少眼淚洗過你消瘦的臉龐！為了替無味的愛情添加一點辛酸的味道，曾經浪費掉多少的鹹水！瞧，就在你的臉頰上，還有一絲來不及拭去的舊時的淚痕呢！唉，既然男人這麼沒有恆心，也就別怪女人容易見異思遷了。」

「你不是因為我愛羅瑟琳而常常責備我嗎？你還叫我應該把愛情埋葬在墳墓裡……」

「我不是說你不該戀愛，我只是叫你不要因為戀愛而發痴，更沒有叫你把舊的愛情埋葬了，然後再去找新歡！」

「好啦，請你不要再責備我了，我現在所愛的她，跟我心心相印，不像前一回那樣了。請你同意今天就為我們證婚吧！」

勞倫斯神父想了一想，其實他是頗有疑慮的，因為他覺得狂暴的快樂將會產生狂暴的結局，正像火和火藥的親吻，就是在最得意的一剎那煙消雲散……最甜的蜜糖可以使味覺麻木，不太熱烈的愛情才能夠維持久遠……太快和太慢，結果都不會圓滿……但是，為了一個理由，神父在經過考慮之後，還是願意助羅密歐與茱麗葉一臂之力。

神父說：「如果因為你們的結合，能夠使你們兩個家族盡棄前嫌，重新修好，那倒是一大幸事。好吧，我願意為你們證婚。」

「真的？那真是太好了！」羅密歐高興得不得了，「那我們就趕快吧！我真巴不得能夠越快越好！」

「小心啊，」神父說：「跑得太快是會滑倒的。」

茱麗葉如約派她的奶媽前來，找到了羅密歐，當得知羅密歐已經把一切都安排好以後，馬上高高興興的趕到勞倫斯神父的寺院，請神父為他們舉行了神聖的婚禮。

真誠的愛情充溢在羅密歐與茱麗葉的心中，他們都感到幸福極了，覺得自己就像是世界上最富有的人。

婚禮結束以後，茱麗葉又匆匆的趕回家裡，等待夜晚的到來，因為到了晚上，羅密歐就會前來與她相會。

對茱麗葉來說，這一天似乎過得格外漫長，她真恨不得能踏著火雲的駿馬快快把太陽拖回到它安息的所在。她覺得自己就像已經買下了一所戀愛的華廈，可是這棟華廈卻還不曾真正屬於她所有；又像是一個已經做好了新衣服的小孩，在節日的前夕焦躁的等待著天明一樣……如果時間能夠過得快一些該有多好啊，茱麗葉覺得這日子真是長得令人厭煩、難以忍受……

茱麗葉等啊等啊，怎麼也想不到竟然會等來一個天大的噩耗。

原來，就在當天中午，在維洛那市中心的廣場，發生了一件憾事……

當天中午，當班孚里奧、墨古修帶著幾個僕人在街頭閒晃的時候，迎面碰到了那個脾氣火爆的提伯爾特。提伯爾特很不客氣的指責他們不該帶著羅密歐到處亂闖，前一天晚上更不應該闖進他伯父的宴會。

「你們應該知道，凱普萊特家的宴會，所有維洛那的市民都會受到誠摯的歡迎，唯獨蒙特克家的人例外！你們實在不應該帶著羅密歐那個臭小子混進來！」提伯爾特怒氣騰騰的嚷道。前一天晚上，伯父不允許他教訓羅密歐，至今還令他耿耿於懷呢。

班孚里奧和墨古修當然不會接受這樣的責備，就和提伯爾特吵了起來。正吵得不可開交的時候，剛巧，羅密歐來了，於是，提伯爾特的火氣馬上就發在羅密歐的身上，甚至開口就叫他「惡賊」！

羅密歐好言好語的說：「提伯爾特，我跟你無冤無仇，你這樣無端挑釁，本來是我所不能容忍的，可是因為我有必須愛你的理由，所以也就不願跟你計較了，我只想告訴你，我不是惡賊。」

「臭小子！」提伯爾特嚷道：「你冒犯了我，這可不是用什麼花言巧語能夠掩飾過去的，趕快回過身子，拔出你的劍吧，今天我一定要跟你拚個你死我活不可，沒有人可以再阻攔我了！」

然而，羅密歐不肯拔劍，仍然溫和的說：「我再次聲明，我從來沒有冒犯過你，而且我尊重凱普萊特這個姓氏，就像尊重我自己的姓氏一樣……我看咱們還是講和了吧。」

羅密歐這番懇切的言詞，不僅提伯爾特不領情，就連他的好友班孚里奧和墨古修也都聽不下去了。他們不知道內情，不知道羅密歐之所以會這麼說完全是合情合理，因為提伯爾特既然是茱麗葉的堂哥，現在也就成了羅密歐的親戚，羅密歐當然不願意與提伯爾特起什麼爭執。

班孚里奧和墨古修都把羅密歐這番聽起來莫名其妙的話看做是一種要不得的懦弱。

墨古修瞪著羅密歐，不以為然的批評道：「哼，好丟臉的屈服啊！只有武力可以洗去這種恥辱！」

說罷，墨古修就拔出佩劍，正視著提伯爾特，「你這捉耗子的貓，你願意跟我決鬥嗎？」

「笑話！有什麼不敢！」提伯爾特揚著劍，立刻就朝墨古修殺過去。

眼看墨古修和提伯爾特兵刃相向，羅密歐還試圖阻止，可是他來不及把兩人拉開，墨古修就中了提伯爾特致命的一擊，不支倒地！

親眼目睹好友倒臥在血泊之中，羅密歐再也受不了了。

「墨古修是為了我而死的！」羅密歐痛心的想著：「提伯爾特殺死了我的朋友，又毀謗了我的名譽，雖然他在一個小時以前還是我的親人……親愛的茱麗葉啊！妳的美麗使我懦弱，我的勇氣的鋒刃都被妳的美貌給磨鈍了！」

儘管在這個時候，羅密歐也隱隱約約的感覺到，今天這一場意外的變故，恐怕會

引起日後的災禍，但此刻他也顧不了這麼多了。

「唉，我是受命運玩弄的人！」羅密歐低語了一聲，隨即拔出佩劍對著愛妻的堂哥大怒道：「提伯爾特，你剛才罵我是惡賊，現在我要你把這兩個字收回去！墨古修的陰魂就在我們頭上，我們兩個人中間必須有一個人去陪他！」

提伯爾特冷笑道：「哼，你這個該死的小子，既然他是你的好朋友，當然應該是你去陪他了！」

兩個人你來我往的交手了幾個回合，結果，提伯爾特不敵，就這樣被羅密歐殺死了。

由於墨古修也是維洛那親王的近親，當墨古修和提伯爾特剛開始交手的時候，這場騷動就已經引起很多市民的圍觀了，而隨著衝突不斷的升高，羅密歐和提伯爾特相互械鬥的時候，圍觀的人就更多了，還有人用最快的速度跑去向凱普萊特先生和蒙特克先生報信。最後在混亂之中，班孚里奧把羅密歐推出人群，叫他趕緊先找個地方藏起來。

不久，凱普萊特夫婦和蒙特克夫婦都到了，連維洛那親王也到了。親王首先命令班孚里奧說明事情發生的經過，班孚里奧儘可能做了客觀的陳述，許多在場的市民也都紛紛證實班孚里奧的陳述，確實是提伯爾特滿不講理的挑釁在先，才導致了這一場爭鬥。

然而，現在提伯爾特畢竟是被羅密歐給殺死了，因此，儘管提伯爾特要為這場械鬥負比較大的責任，而且蒙特克夫婦也拚命為愛子求情，但是早就對這兩個家族感到很不滿的維洛那親王還是認為不應該就這麼放過羅密歐，因此立即當場做出裁決——放逐羅密歐，將他遣送出境！

所謂「放逐」，就是說羅密歐必須立刻離開維洛那，今後一旦被發現出現在維洛那，就會被處死。

親王嚴肅的表示：「對殺人的凶手不能講慈悲，否則就是鼓勵殺人了！」

當茱麗葉從奶媽的嘴裡得知羅密歐竟然殺了堂哥提伯爾特，並且遭到放逐的消息時，剛開始她也為了堂哥的死而深感震驚和傷心，大罵羅密歐是一個「天使般的魔鬼」，可是當她聽到奶媽也在痛罵羅密歐、詛咒羅密歐的時候，茱麗葉又不樂意了。

「提伯爾特死了，可是他本來是想殺死我的丈夫啊！啊，羅密歐，我可憐的丈夫，如果連你幾個小時的妻子都這樣凌辱你的名字，誰還會給你一點溫情的慰藉呢？……」就在這樣思緒轉換的過程中，茱麗葉很快就意識出「羅密歐被放逐了」這一句，遠比「提伯爾特死了」還要更令她傷心！

看到茱麗葉這麼傷心，奶媽也很難過，便安慰茱麗葉道：「我知道羅密歐現在藏在哪裡，他躲在勞倫斯神父的寺院裡，我現在就去找他，叫他今天晚上一定要來看妳。」

茱麗葉淚流滿面的說：「啊，妳快去找他吧，叫他來做一次最後的訣別！」

當羅密歐得知親王已對他做了放逐的裁決，儘管勞倫斯神父一再說這是莫大的恩典，羅密歐卻仍然覺得這是酷刑，不是什麼恩典；因為，只有茱麗葉所在的地方才是天堂，如今「放逐」意味著要永遠的與愛妻茱麗葉分離，這麼殘忍的結果怎麼會是恩典呢？

勞倫斯神父耐著性子不斷的開導羅密歐，甚至警告他，說「不知足的人是不得好

死的」，因為光憑著他現在還活著這一點就已屬萬幸，實在不應該再如此怨天尤人。神父叫羅密歐趕緊去跟新婚的妻子告別，然後在天明之前離開維洛那，到曼多亞先暫時住下。

神父向羅密歐保證：「等我找到合適的機會，我會宣布你們的婚姻，讓你們兩個家族和解，大家再一起去向親王請求特赦，那個時候我們就可以把你接回來了！」

這天晚上，羅密歐與茱麗葉悄悄在一起度過了又快樂、又悲傷的一夜。他們多麼希望時間能夠過得慢一點，甚至渴望永遠也不要天亮，然而，這當然是不可能的，天還是慢慢的亮了。

「你就要走了嗎？天還沒亮呢，那刺進你驚恐的耳膜中的聲音，不是雲雀，而是夜鶯，相信我，那真的是夜鶯！」茱麗葉說；她拚命想否認天已經亮了的事實。

羅密歐嘆了一口氣，「唉，這的確是早起的雲雀啊……」

不管有多麼的依依不捨，離別的時刻終究還是來臨了。

羅密歐感嘆道：「天愈來愈亮，我們悲哀的心卻愈來愈黑暗……」

這對愛侶只得把希望寄託在未來，這樣他們現在才能有離別的勇氣。

「你想我們還有沒有再見面的日子？」茱麗葉覺得自己都快心碎了。

「會的，一定會有的，」羅密歐篤定的說：「現在這一切的悲哀和痛苦，都是將來握手談心的回憶。再會吧，給我一個吻，我就下去了。」

「窗啊，讓白晝進來，讓生命出去吧……」茱麗葉含著巨大的悲痛，看著親愛的夫君沿著窗臺爬下去……很快他就要遠離自己的視線了……

當羅密歐站在地面，抬起頭來戀戀不捨的望著愛妻時，茱麗葉忽然有一種非常不祥的感覺。

「上帝啊！為什麼我會感到這麼的不安啊！你現在站在下面，我看著你，怎麼覺得你看起來就像是一具墳墓底下的屍骸？是我眼睛昏花了嗎？還是你的面容實在是太慘白了？」茱麗葉的心裡非常恐懼。

不可思議的是，在羅密歐看來，此刻茱麗葉的容顏不知道為什麼彷彿也帶著濃厚的死亡氣息。

羅密歐說：「相信我，愛人，在我眼中你也是這樣，一定是憂傷吸乾了我們的血液。再會，再會，再會！我會盡可能與妳聯繫的！」

兩人就這麼無可奈何的分手了。再不走，只要有人發現羅密歐還待在城裡，羅密歐就會被處死。

羅密歐剛走沒多久，茱麗葉的母親就來到女兒的房間，向女兒宣布一個大消息。

「孩子，妳真的有一個體貼妳的好爸爸呢！他不忍心看妳終日以淚洗面，為了堂哥的死那麼傷心。為了替妳排憂解悶，他已經答應了巴里斯伯爵的求婚，在大後天星期四的早晨，巴里斯伯爵就要在聖彼得教堂裡迎娶妳，讓妳做他幸福的新娘！」

「什麼？」茱麗葉非常震驚，大嚷道：「我不要！我不要嫁給巴里斯！」

茱麗葉這麼激烈的反應也把母親嚇了一跳，她原本以為女兒聽到這個好消息一定會很高興的呢！

「那妳自己去跟妳父親說好了，哼！不知好歹的ㄚ頭！」

正說著，凱普萊特先生就來了。當他得知女兒聲稱不願出嫁的時候，也大發雷霆，因為他覺得巴里斯是一個多麼理想的乘龍快婿，女兒竟然辜負自己的苦心，這實在是太過分了！於是，凱普萊特先生當場就丟下狠話：「好，妳要是不願意嫁人，我可以放妳自由，隨妳的意思妳愛到哪裡就到哪裡吧，反正我這屋子是容不下妳了！」

說完，凱普萊特先生就氣呼呼的走了。

茱麗葉急得不得了。第二天，她以要去勞倫斯神父的寺院向神父懺悔忤逆雙親的罪過這樣的名義，從家裡溜出來，趕緊去找勞倫斯神父，希望神父能夠幫她出出主意。

勞倫斯神父倒是真的有辦法，只是他的辦法聽起來未免有點詭異。

神父拿出一小瓶藥水，告訴茱麗葉：「妳高高興興的回家去，答應嫁給巴里斯。明天就是星期三了，明天晚上妳必須一個人獨睡，別讓妳的奶媽或任何人待在妳的房裡，臨睡前，妳把這瓶藥水服下，一陣寒氣就會通過妳全身的血管，接著妳的脈搏就會停止跳動，在任何人的眼裡，妳看起來就跟死了沒有兩樣，但是經過四十二個小時以後，妳就會從這種與死無異的狀態中甦醒，彷彿只是經歷了一場酣睡。當他們以為妳已經死亡的時候，按照規矩，就會替妳穿上盛裝，用靈柩把妳送到凱普萊特家族的墓室去。而我就會立刻寫信給羅密歐，讓他知道我們的計畫，叫他馬上從曼多亞趕回來，然後我就和他一起守在妳的身邊，等妳一醒過來，就趕快帶妳到曼多亞去！……怎麼樣？妳害怕嗎？妳敢不敢喝下這藥水呢？只要妳不怕，也不中途氣餒、臨時變卦，一定可以脫身！」

「給我！給我！」茱麗葉義無反顧的一把搶下神父手中的藥水，「不要對我說起『害怕』這兩個字！愛情啊，給我力量吧！」

然而，茱麗葉畢竟還只是一個少女，當天晚上，當茱麗葉支開了所有的人，獨自在臥房裡，拿出了那瓶藥水時，她的心裡仍然免不了有些害怕，也有些疑慮，「要是這瓶藥水不發生效力呢？那我明天早上就得結婚嗎？不！我死都不結！我已經結過婚了啊！……這瓶藥水會不會是毒藥呢？會不會是神父擔心有人發現他已經為我和羅密歐證了婚，恐怕會有損他的名譽，因此想毒死我……啊，不會的！神父是一個好人！為了我們的事情盡心盡力，我怎麼會有這麼卑劣的想法！……那……要是我在墓室中醒過來的時候，羅密歐還沒趕到，我不是得一個人待在那麼恐怖的地方？啊！不能再想了！我必須勇敢一點！」

茱麗葉定一定神，自言自語道：「羅密歐，我為你乾了這一杯！」

說完，舉起那瓶藥水一飲而盡。過不了多久，茱麗葉就倒了下來。

這天，在曼多亞街頭閒晃的羅密歐，心不在焉的想著今天早晨所做的一個奇異的夢。

「多奇怪的夢啊，我夢見我的愛人看見我死了……真是怪事，一個死人居然也會思考！……她吻著我，把生命吐進了我的嘴唇裡，於是我復活了，並且成為一個君王……唉，僅僅是愛的影子，已經給人這樣的快樂，要是占有了愛的本身，那該會是多麼的甜蜜！」羅密歐默默的想著：「這個夢暗示著什麼呢？希望會是一個吉兆……」

就在這時，家裡的僕人神色倉惶的衝進來。他是從維洛那趕來的。

「啊，你來得正好！是不是神父叫你帶信來給我？我的愛人怎麼樣？我的父親好嗎？……」

羅密歐突然住口，因為他突然注意到僕人的臉色很不對勁。

「我再問你一遍，我的茱麗葉好嗎？只要她安好，一定就什麼都是好好的……」

羅密歐已經說不下去了，他的聲音無法克制的顫抖起來。

「少爺，恕我帶來不好的消息，凱普萊特小姐死了，我看見她被下葬在她家族的墓室裡，所以立刻策馬狂奔前來告訴你，現在她不死的靈魂已經和天使在一起了……」

這個噩耗對於羅密歐來說，無異是晴天霹靂，「什麼！竟然有這樣的事！命運，我詛咒你！……快！快去雇兩匹快馬，我立刻就要動身，我要趕回維洛那！」

就在僕人忙著去張羅馬匹的時候，羅密歐悲痛萬分的想著：「好，我的茱麗葉，我就要來看妳了，今天晚上我就要睡在妳的身旁……讓我想個辦法……啊，罪惡的念頭，你會用多快的速度鑽進一個絕望者的心裡啊！……」

他想起有一個賣藥的人，他的藥鋪就開在附近。羅密歐打定主意，很快就來到那家藥鋪，用高價向那人買一種可以迅速致命的毒藥。那個人原本不願意賣給羅密歐，因為按曼多亞的法律，出賣毒藥是違法的；但是，他最終抵抗不了金錢的誘惑，還是收下了錢，把毒藥給了羅密歐，並且向羅密歐保證，只要服下這個毒藥，就算他有二十個人的氣力，也會立刻送命。

「很好。」對羅密歐來說，這不是毒藥，而是能夠解除他痛苦的仙丹。

於此同時，勞倫斯神父在寺院裡焦急的等待著。他不斷的搓著手，不斷的來回踱著步，不斷的往外張望，終於，總算是看到苦苦等待的約翰師弟進來了。

「啊，你總算是回來了，謝天謝地！歡迎你從曼多亞回來！怎麼樣？羅密歐看到信以後怎麼說？」

不料，這位約翰師弟根本就沒見到羅密歐，甚至在一連串的陰錯陽差之下，他根本沒能及時離開維洛那，更別說去曼多亞了。

「糟了！這封信不是普通的信，它是非常重要的啊！居然被耽擱了，這恐怕會引起極大的災禍啊！」事到如今，勞倫斯神父只有一個念頭，那就是——必須盡快把還躺在墓穴中的茱麗葉給救出來！

「快！快去找一把鐵鋤，帶上工具，我們得趕快！不到三個小時，茱麗葉就要醒了！」

羅密歐和他的僕人在午夜時分趕到維洛那凱普萊特家族的墓穴。在準備開挖之前，羅密歐把一封信（是他的遺書）交給僕人，命僕人把信送給他的父親，接著又給僕人一個錢包，一臉凝重的說：「去吧，這些錢給你，願你一生幸福。記住，別回來找我，也別窺伺我的行動，否則我對天發誓，絕對不會放過你！去吧，再會，好朋友。」

把僕人趕走以後，羅密歐懷著無比悲痛的心情動手，很快就掘開了墓門。可是，就在他正打算要走進墓穴去尋找茱麗葉的時候，忽然聽到有人在他身後嚴厲的大喝一聲：「站住！你要做什麼？」

來人是巴里斯。他因為傷心過度，夜不能寐，於是就來到墓園想要悼念茱麗葉，萬萬沒想到竟然會撞見有人在破壞凱普萊特家族的墓穴。

羅密歐一轉過身來，巴里斯就認出他來了，非常憤慨的說：「啊，原來是你，萬惡的蒙特克！你真該死！你在這裡做什麼？你幹的壞事還不夠多嗎？都是因為你殺了提伯爾特，害我的愛妻心碎而亡，你把我們害得好慘，難道你現在還打算要來破壞他們的屍體嗎？你太惡劣了吧！走！跟我見官去！」

「你的愛妻？……」羅密歐想起來了，在趕回維洛那的路上，曾經聽僕人說，茱

麗葉暴亡的當天，原本是她和巴里斯伯爵大喜的日子。

羅密歐不禁苦笑道：「我果然是該死，所以我才會到這裡來……請你不要激怒一個已經不顧死活的人，趕快走吧！」

盛怒之中的巴里斯哪裡肯聽，大吼道：「我才不會聽你這種鬼話！你是一個罪犯，我要逮捕你！」

「你一定要激怒我嗎？好吧，來吧，別說我沒警告過你。」

說罷，兩人就展開了格鬥。

巴里斯的侍童一看，馬上一邊大叫「救命！」，一邊衝出墓園想要去討救兵。

沒過幾個回合，巴里斯就被羅密歐一劍刺中要害而不支倒地。在彌留之際，巴里斯向羅密歐懇求道：「如果你還有幾分仁慈……請你打開墓門，把我放在茱麗葉的身旁吧……」

「我答應你。」於是，羅密歐打開墓門，抱著巴里斯的屍體走進墓穴，並且真的就如巴里斯所願，把他放在茱麗葉的身邊。

看到茱麗葉的「屍體」，羅密歐真是百感交集。

「啊，因為茱麗葉睡在這裡，她的美貌把這個墓穴變成一座充滿著光明的歡宴的華堂……我的愛人，我的妻子，死亡雖然已經吸去了你呼吸中的芳蜜，卻還沒有力量摧殘妳的美貌……我要留在這裡，永遠的和妳在一起！……」

羅密歐溫柔的親吻了一下茱麗葉的雙唇，喃喃道：「我願意在這一吻中死去……」

他隨即拿出毒藥，毫不考慮的一飲而盡。緊接著，毒性發作，羅密歐馬上就倒了下來。

羅密歐剛剛嚥氣，趕來救援的勞倫斯神父和他的師弟就到了。看到已經死亡的巴里斯和羅密歐，勞倫斯神父不禁發怔，不知道該怎麼辦，這時，茱麗葉醒了。

「啊，好心的神父，你來了……」茱麗葉用一種作夢般的聲音輕輕的說：「我的羅密歐呢？……」

勞倫斯神父聽到外頭一陣人聲喧譁，聲音愈來愈近，知道事蹟就要敗露了，便急急忙忙的對茱麗葉說：「小姐，趕快走吧，趕快離開這死亡的巢穴吧，我們的計畫失敗了，是被一種我們抗拒不了的力量所阻止，快走吧！我不敢再等下去了！」

勞倫斯神父的意思就是，一切都是「人算不如天算」啊！

但是，才剛悠悠醒來的茱麗葉這會兒已經發現羅密歐了，並且也發現羅密歐死了，頓時便失去再活下去的希望。

「你走吧，我不想走。」茱麗葉看著親愛的夫君，平靜的說：「這是什麼？一個杯子？緊緊的握在我忠心的愛人的手裡？……我知道了，一定是毒藥要了他的命！唉，親愛的，你怎麼全部都喝乾了，連一滴也不留給我？那我要吻著你的脣，也許這上面還留著一點毒液……啊，你的嘴脣還是溫暖的！……」

這時，吵雜的聲音更近了。茱麗葉心想：「我得快一點，要不然就沒時間了！」

她看到羅密歐身上佩戴的匕首，立刻拔出來，毫不猶豫的刺進自己的身體……

不一會兒，當人們進入墓穴以後，不但看到巴里斯和羅密歐的屍體，還看到趴在羅密歐身上、血流如注的茱麗葉，個個都感到驚駭不已。

維洛那親王嚴肅的對凱普萊特和蒙特克這兩個傷心欲絕的父親說：「看看你們兩個家族之間的仇恨受到了多大的懲罰，上天藉

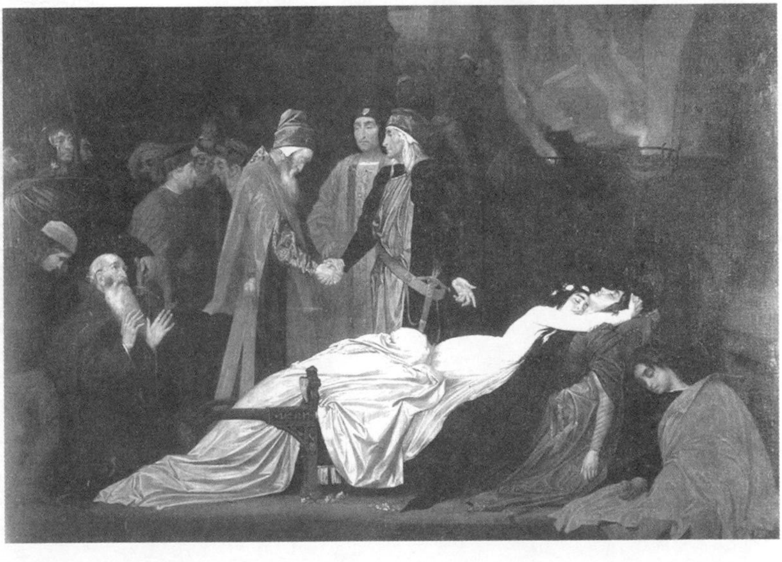

著愛情之手，奪去了你們心愛的人，我一直刻意忽視你們之間的爭執，結果也失去了墨古修和巴里斯這兩個親戚，現在，大家都受到懲罰了！……」

凱普萊特先生和蒙特克先生互望一眼，兩人都感到很後悔，立刻當著親王的面表示從此以後願意兩個家族誠心和好……

但是，這個和好的代價真的是太大了啊！

關於《羅密歐與茱麗葉》

變化無常的命運

莎士比亞的作品經常充滿著一種不確定性，「變化無常的命運」更是莎翁筆下常見的主題。什麼是命運呢？就是最後勞倫斯神父對茱麗葉所說的「一種我們抗拒不了的力量」。也正因為如此，在許多西方文人看來，羅密歐與茱麗葉的悲劇並不是由於他們的性格所造成，而完全是由「偶然因素」所造成的，純屬巧合，所以實在難以稱為是真正意義上的悲劇。

羅密歐與茱麗葉的故事在文藝復興期間已經開始流傳，後來義大利作家陸續有人把這個故事形諸文字，再從義大利輾轉傳到法國、再傳到英國，莎士比亞是透過一部三千多行的詩作了解到這個故事，並且把它改編為舞臺劇。在此之前，戲劇界向來時興詮釋一些古希臘羅馬帝王將相的故事，莎士比亞拿這種小兒女的戀愛故事來做發揮，在當時也算是一個創舉。

哈姆雷特

丹麥深獲老百姓喜愛與景仰的的王子哈姆雷特，原本長得相當俊秀，最近卻變得容貌憔悴，精神鬱悶，在他身上幾乎已經看不到年輕人應該有的朝氣，對於國家大事也顯得漠不關心。

為什麼會這樣呢？主要是因為哈姆雷特最近遭到一連串的打擊。首先，是他敬愛的父親突然過世。按照官方說法，國王是在皇宮花園裡午睡的時候，意外被一條毒蛇給咬死的，但是很多人都很懷疑這種說法。坊間更有一種普遍的猜測，都說國王是被自己的親弟弟也就是哈姆雷特的叔叔克勞狄斯給謀害的。尤其是在國王死後還不到兩個月，哈姆雷特的母親竟然不顧國人觀感，立刻嫁給克勞狄斯，成為新王的王后，於是「老國王是被謀害」的說法，就更是甚囂塵上了。

對於年輕的哈姆雷特來說，父親的死固然令他傷心，但是遠遠比不上看到母親居然這麼快就改嫁，並且還是嫁給他的王叔、同時也是殺父嫌犯，更要讓他感到難過和不堪！

哈姆雷特常常忿忿不平的想著：「父親是一個多好的國王，跟這一個比起來，簡直就是天壤之別！父親生前又是多麼的深愛母親，難道母親真的這麼快就都忘了？……僅僅一個多月以前，她還像個淚人似的，哭哭啼啼的送父親下葬，如今她在送葬時所穿的那雙鞋子都還沒有破舊，她居然就嫁給了我的叔父、我父親的弟弟！他一點也不像是我的父親！再說……上帝啊！就算是一頭沒有理性的畜生也應該悲傷得久一點吧！可是，父親死後只過了一個多月，她那流著虛偽眼淚的眼睛都還沒有消去紅腫，她居然就嫁人了！脆弱啊，你的名字是女人！這種罪惡的倉促，絕對不是好事，也不會有好的結果，無奈的是，我還必須閉緊我的嘴，什麼也不能說！什麼也不能批評！」

由於心情上的積鬱，使得人世間的一切在哈姆雷特看來，都是那麼的可厭、陳腐、乏味而無聊。他像賭氣似的，始終不肯脫下黑衣，始終意志消沉，也始終很難對他現在名義上的「父王」和顏悅色。哈姆雷特根本不肯把那個惡棍克勞狄斯當成是自己的父王，他認為克勞狄斯卑劣無比，為了篡奪王位、迎娶美麗的嫂嫂，而謀害了自己的哥哥。不過，在這樁罪行中，母親到底知情多少？有沒有參與？參與的程度又是如何？……這些問題始終困擾著哈姆雷特，他不大敢、也不大願意去多想，卻又沒有辦法控制自己不去想，就這樣弄得他經常心神不寧，恍恍惚惚。

這天，哈姆雷特的好友霍拉旭，用一種頗為遲疑的語氣對哈姆雷特說：「有一件非常詭異的事，是跟已故老國王有關的，我不知道應不應該告訴你……」

既然是跟亡父有關，哈姆雷特當然要弄清楚，便催促霍拉旭不要賣關子，趕快說吧。

「殿下，我想我昨天晚上看見他了。」霍拉旭說。

「看見誰？」

「殿下，我看見您的父王。」

「我的父王！」

「殿下，不要吃驚，請您聽我說……」

「看在上帝的分上，趕快講吧！」

霍拉旭說，有兩個守城的士兵，一連兩個晚上，在午夜時刻都看見一個披著甲冑、酷似已故老國王的人形出現在他們面前，然後用莊嚴而緩慢的步伐走過他們的身邊。

「當他們悄悄把這件奇事告訴我的時候，我當然是不相信的，所以昨天晚上我就特地跑到城頭，和他們一起守望，」霍拉旭說：「結果，一到午夜，那個鬼魂果然出現了，一切就和那兩個士兵之前向我描述得一模一樣，而殿下您知道，我是認識您父親的，我可以告訴您，那個鬼魂是那樣酷似您父親生前的樣子，就是我這兩隻手的相似程度也比不上那個鬼魂和老國王的相像。」

「你有沒有跟他說話？」

「殿下，我說了，可是他一直沒有回答我，過了好久好久，有一次他抬起頭來，好像要開口說話，可是偏偏就在那個時候天亮了，當第一聲雞啼響起時，他很快的就消失了。」

「你說他曾經抬起頭……霍拉旭，你看見他的臉了嗎？他看上去像是在發怒嗎？」

霍拉旭想了一想，仔細斟酌，然後才說：「我覺得他看上去好像悲哀要多過憤怒。」

「這實在是太奇怪了！」哈姆雷特說：「好，今天晚上我也一起守夜去！而且，如果這個鬼魂仍然借著我父王的形貌出現，那麼即使地獄張開嘴來，叫我不要作聲，我也一定要對他說話！想想看，我父親的靈魂披著甲冑！事情恐怕有點不妙，不過，罪惡的行為總有一天會被發現的，靜靜的等著吧！」

哈姆雷特迫切的等待著夜晚的降臨。當天晚上，寒風凜冽，吹在身上非常刺痛。不過，哈姆雷特毫不介意，他只希望能夠見到父親的亡靈，並且和他對話。

霍拉旭默默的陪伴著哈姆雷特。當他們在城頭等待的時候，聽到從城堡裡傳來熱熱鬧鬧的歌舞聲，知道新王又將通宵達旦的飲酒作樂，哈姆雷特深深的感到不以為

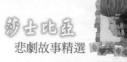

然。

就在午夜時分，鬼魂果然準時出現。

霍拉旭趕緊拉拉哈姆雷特，「瞧，殿下，他來了！」

哈姆雷特定睛一看，不由得猛吸了一口氣……這個鬼魂看起來確實很像父親生前的模樣啊！

「天使保佑我們！」哈姆雷特按捺住心中的恐懼，鼓起勇氣對鬼魂說：「不管你是一個善良的靈魂或是萬惡的妖魔，我都願意把你當成是我的父親，請你回答我，為什麼你不在墓穴裡安睡，為什麼要這樣全副武裝的出現在月光下？你有什麼用意？」

這時，鬼魂緩緩向哈姆雷特招招手。

霍拉旭說：「他好像有話想要只對您一個人說，可是，您還是別跟他去吧！萬一他把您引到僻靜之處，再露出猙獰的面目，讓您失去理智，變成瘋狂，甚至使您傷害自己，這可怎麼辦呢！」

哈姆雷特說：「哎，我怕什麼呢？我的生命已經無關緊要，而我的靈魂正跟眼前這個靈魂一樣，都是永生不滅的，那麼他又怎麼能夠加害我的靈魂呢？……啊，他還在跟我招手……放開我，讓我跟他去，我要跟他去！」

「不，殿下，別去，太危險了！」忠實的霍拉旭為了保護哈姆雷特，死命的拉住哈姆雷特。

旁邊的守衛也趕來幫忙，不讓哈姆雷特跟著那善惡不明的鬼魂走。

哈姆雷特大怒道：「放開我！我的命運在高聲呼喊，使我全身每根細微的血管都變得像怒獅的筋骨一樣的堅硬！啊，他還在招我去，放開我！誰再

〈哈姆雷特急著要追上父親的鬼魂〉，法國浪漫主義巨匠德拉克洛瓦的石版畫。

阻止我，我就殺了他！」

他奮力掙脫，還大吼一聲：「不要過來！」然後就跟著鬼魂走了。

不過，非常擔心哈姆雷特安危的霍拉旭還是和守衛悄悄的跟在後面。

哈姆雷特跟著鬼魂來到城堡露臺的僻靜處。哈姆雷特有些沉不住氣了，就朝著鬼魂大聲說道：「停下來！你要領我到什麼地方去？有什麼話就在這裡說吧，我不願意再往前走了！」

鬼魂緩緩轉過身來，看著哈姆雷特，終於開口了，「我是你父親的靈魂……」

「啊！我就知道！」

「因為生前孽障未盡，所以被判白晝要忍受火焰的燒灼，夜晚要四處遊蕩，必須經過很長一段時間，等生前的過失都被烈焰淨化以後，才可以脫罪……」

哈姆雷特聽了，心裡難受極了，「上帝啊，可憐的亡魂！」

「聽著，」鬼魂繼續說道：「如果你曾經愛過你的父親——一定要替他報仇！」

接著，鬼魂向哈姆雷特詳述了自己被害的經過。坊間的流言果然是真的，老國王果然是被自己的親弟弟給謀害的，為的就是要霸占他的王位和妻子。

「啊，這一切果然都是真的！我的叔父竟然會做出這種禽獸不如的事！」哈姆雷特滿心憤慨，真恨不得立刻就為父親報仇雪恨！

「不過……」鬼魂幽幽的說：「答應我，無論你怎樣進行復仇，你的行事都必須光明磊落，更不要傷害你的母親，她所做的一切自然會受到上天的裁判和她自己內心荊棘的刺戳……」

哈姆雷特還想要再多問一些，但是這時螢火蟲的微光已經開始黯淡下去，清晨快要來了，鬼魂突然顯得很不安。

「再會，再會！哈姆雷特，記著我！」

說完，鬼魂就消失了。

哈姆雷特仍然回應道：「記著你！是的，我一定會記著你的！我要把我記憶碑版

上所有瑣碎愚蠢的紀錄、所有書本上的格言、所有陳腔濫調、所有過去的印象、所有生活的痕跡統統拭去，只留下你的命令！上天為我作證，我一定要報仇！」

這時，霍拉旭和守衛走上前來。霍拉旭滿臉關切的問道：「你還好吧？這真是不可思議的怪事！」

「請你還是用見怪不怪的態度來看待它吧，畢竟天地間有許多事是科學所夢想不到的。現在……」哈姆雷特看看他們，嚴肅的說：「請你們允許我一個卑微的要求，請你們宣誓，永遠不要把今天晚上看到的事情告訴別人！」

在還沒有想好該怎麼進行復仇計畫之前，哈姆雷特不想打草驚蛇。

在此之前，哈姆雷特給人的感覺還只是精神恍惚、鬱鬱寡歡，但是自從和鬼魂說過話以後，他的言行舉止就愈來愈古怪，看起來好像有些瀕臨瘋狂。

其實，這也是哈姆雷特的一種障眼法，希望能藉此掩飾內心所承受的巨大壓力，不過，這當然也引起新王和王后的關切。

這天，國王克勞狄斯特地召見兩個與哈姆雷特比較熟識的年輕朝臣——羅森格蘭茲和吉爾登斯敦。

「我想，你們大概已經聽說哈姆雷特最近的變化，之所以稱為『變化』，是因為最近他無論在外表上或是精神上，都和從前大不相同。我實在猜不出除了他父親的死，究竟還有什麼其他的原因會把他激成像現在這樣瘋瘋癲癲的樣子，總之他已經和從前大不相同了。你們從小跟他一起長大，素來了解他的脾氣，所以我想請你們來宮裡住幾天，陪陪他，替他排憂解悶，同時也找機會打探一下他到底有什麼心事，這樣也許我們就可以對症下藥。」

王后也說：「如果你們能幫這個忙，一定會受到丹麥王室隆重的禮謝。」

羅森格蘭茲和吉爾登斯敦剛退下去不久，老臣波格涅斯就進來說：「啟稟陛下，我們派往挪威的兩位欽使已經喜氣洋洋的回來了！同時，我想我也發現哈姆雷特發瘋的原因了。」

不久前，就在克勞狄斯剛登基的時候，挪威國王的姪兒想趁著丹麥王權還不穩定，奪回挪威之前割讓給丹麥的土地，因此私自徵兵，計畫要對丹麥發動戰爭，而挪威在位的國王因為年事已高，臥病在床，對姪兒的企圖毫無所覺。克勞狄斯了解情況後，趕緊寫一封信給挪威國王，舉發這樁陰謀，並派兩個欽使火速送去給挪威的國王。現在，兩個欽使圓滿達成使命，解除了丹麥的危機；挪威國王不僅斥責了自己的姪兒，並且乾脆下令姪兒統率那些他私下徵募的士兵，去征伐波蘭人。

「很好！波格涅斯，你總是能為我帶來好消息。」克勞狄斯非常高興。

他先接見了兩位風塵僕僕的欽使，感謝他們的辛苦，然後在慶功宴之後，偕同王后一起聆聽波格涅斯關於哈姆雷特的報告。

「王上，王后，要是我長篇大論的向你們解釋君上的尊嚴、臣下的名分、白晝為什麼是白晝、黑夜為什麼是黑夜、時間為什麼是時間，那不過是徒然浪費時間罷了，所以，既然簡潔是智慧的靈魂、冗長是膚淺的藻飾，我就還是把話說得簡單一點吧……」

王后聽得著急，「那就請你別賣弄玄虛了，趕緊談些實際的吧！」

「王后，我發誓我一點也不賣弄玄虛，」波格涅斯說：「我有一個女兒……當她還沒有出嫁的時候，她還是屬於我的……難得她一片孝心，把這封信給了我，現在就請猜一猜這裡面說些什麼吧。」

波格涅斯拿出一封信，開始讀起來。

「給那天仙化人的、我的靈魂的偶像，最美麗的奧菲莉雅……」

「這是哈姆雷特寫給她的嗎？」王后急著打斷道。

波格涅斯說：「王后，請妳等一等，聽我念下去吧……」

妳可以懷疑星星是火把；
妳可以懷疑太陽會移轉；
妳可以懷疑真理是謊言；
可是請勿懷疑我對你的愛。
親愛的奧菲莉雅啊，我的詩寫得太糟，我不會用詩句來抒寫我的愁懷，可是，我的最愛，你要相信，我最愛的人是妳……

聽了這麼一封熱情洋溢的情書，國王克勞狄斯問道：「那麼奧菲莉雅的態度是怎麼樣呢？」

波格涅斯說：「唉，說起來或許應該怪我太過多疑，正像年輕人做事往往不知道瞻前顧後一樣，像我們這種上了年紀的人，總是免不了思慮過多。當我知道奧菲莉雅受到哈姆雷特的青睞時，我以為他不過是想玩弄她，擔心會貽誤她的終身幸福，所以

我告訴奧菲莉雅，哈姆雷特殿下是一位王子，不是妳可以仰望的，這個事不能任它發展下去。我把她教訓一番以後，就叫她深居簡出，不要和他見面，不要接見他的來使，也不要接受他的禮物……」

波格涅斯認為，哈姆雷特正是在遭到奧菲莉雅拒絕以後，鬱鬱寡歡，飯也吃不下，覺也睡不著了，身體狀況愈來愈差，精神也一天不如一天，這樣一步一步的發展下去，結果就變成現在讓大家擔心的瘋狂模樣。

聽了這番分析，國王和王后都覺得很有道理。

波格涅斯指指自己的腦袋，用一種很篤定的口氣說：「要是我說錯了，就把這個東西拿走吧！只要有線索，我總會找出事實的真相，即使那真相藏在地球的中心。」

國王說：「我們可以進一步的實驗一下嗎？」

「可以呀，」波格涅斯說：「您知道，他常常會接連好幾個鐘頭都在這裡，就在這個走廊上踱來踱去……」

王后接著說：「這是真的，他真的常常在這邊踱來踱去。」

波格涅斯獻策道：「趁他踱來踱去的時候，我就叫我的女兒去見他，然後我們可以躲在帷幕後面觀察他們相會的情形。」

正說著，哈姆雷特恰巧捧著一本書走過來。

王后頗為心疼的說：「瞧，這可憐的孩子念著一本書過來了，瞧他的模樣多麼的憂愁。」

「讓我去跟他說說話。」說著，波格涅斯就走到哈姆雷特的面前問道：「您在讀些什麼，殿下？」

「空話，空話，都是些空話。」哈姆雷特抬起頭，眼神空洞，愣愣的問：「你是誰？」

「啊，他不認識我了，他的瘋狂有多麼的嚴重啊！」波格涅斯低聲道。

哈姆雷特又問：「你有一個女兒嗎？」

波格涅斯自言自語：「瞧，他倒沒忘記我有一個女兒，看來他的瘋病已經很深了。老實說，在我年輕的時候，我也曾為了戀愛而發瘋，那個樣子也和他現在差不多……」

「年輕？」哈姆雷特恍恍惚惚的說：「要是您能夠像隻蟹一樣的向後倒退，那麼您也應該跟我差不多老了。」

「嗯，這些話雖然是瘋話，卻有些深意……您要走到避風的地方去嗎？」

哈姆雷特前言不對後語的回應道：「你是說走進我的墳墓裡去？」

「那可真是一個避風的地方……他的回答多麼深刻！瘋狂的人往往能夠說出理智清明的人所說不出來的話。我得趕快設法讓他和我的女兒見面。」於是，波格涅斯說：「殿下，我要向您告別了。」

「先生，那是再好也沒有的事，但願我也能夠向我的生命告別，但願我也能夠向我的生命告別，但願我也能夠向我的生命告別……」哈姆雷特反覆嘮叨著。

波格涅斯剛剛離開，受國王和王后囑託陪伴哈姆雷特的兩個朝臣就來了。

看到羅森格蘭茲和吉爾登斯敦，哈姆雷特顯得很高興：「啊，我的好朋友！你們兩人都好吧？」

羅森格蘭茲說：「只不過是像一般的庸庸碌碌之輩，在這世上虛度光陰而已。」

吉爾登斯敦則說：「無榮無辱便是我們的幸福。」

哈姆雷特說：「你們最近聽到什麼消息沒有？或是有什麼祕密？」

羅森格蘭茲小心的回應道：「沒有，殿下，我們只知道這個世界變得老實起來了。」

「是嗎？你們的消息恐怕是假的吧，其實世界末日快到了！那你們到底哪裡得罪了命運，犯了什麼案子，以至於它要把你們送到這個牢獄來？」

「牢獄，殿下？」吉爾登斯敦不解的問道。

哈姆雷特說：「丹麥是一所牢獄。」

羅森格蘭茲馬上接口道：「那麼世界也是一座牢獄。」

哈姆雷特說：「是啊，一所很大的牢獄，裡面有許多牢房、囚室，還有地牢。不過，丹麥是其中最糟的一間。」

羅森格蘭茲連忙寬慰道：「啊，那是因為您的夢想太大，而丹麥太小了，不能夠充分的讓您施展抱負，所以您就把它看成是一所牢獄啦。」

哈姆雷特說：「上帝啊，如果不是因為我有了噩夢，就算是把我關在一個只有區區果殼那麼小的地方，我也會覺得自己是一個擁有無限空間的君王……」

哈姆雷特的言下之意，是想表示他並不覺得丹麥狹小，更何況有形環境的或大或小並不能束縛他的心靈。

但是，吉爾登斯敦當然不知道鬼魂的事，也不知道哈姆雷特這段時間內心的糾結，所以還是拚命開導：「您說的噩夢，恐怕是您的野心吧，有野心的人總是容易有噩夢，因為野心家本身的存在，往往不過是一個夢的影子。」

哈姆雷特喃喃道：「一個夢的本身便是一個影子……」

羅森格蘭茲說：「不錯，因為野心是那麼空虛輕浮的東西，我認為它不過是影子的影子。」

哈姆雷特揶揄道：「那麼，我們的乞丐是實體，我們的帝王和那些大言不慚的英雄卻是乞丐的影子了……」

說到這裡，哈姆雷特看看羅森格蘭茲和吉爾登斯敦，認真的問道：「我們別談這些玄學了，請你們老實告訴我，你們突然來到這裡到底是有什麼貴幹？」

羅森格蘭茲趕緊說：「我們就是來拜訪您，殿下，沒有別的原因。」

「我謝謝你們，可是我的感謝其實一文不值……不是有人叫你們來的嗎？快說，不要騙我。」

吉爾登斯敦吞吞吐吐道：「叫我們說什麼呢？」

「說什麼都行，只要不是說廢話。我看你們一定是奉命而來的吧……不要否認，我從你們臉上的表情已經看出來了，我知道一定是我們這位好國王和好王后叫你們來的。」

「為了什麼目的呢，殿下？」由於國王交代過不要告訴哈姆雷特是他把兩人找來，所以羅森格蘭茲不敢承認，仍然想設法撇清。

「那就要請你們告訴我了。其實我很清楚你們的來意……不知道為什麼，近來我對什麼事都懶得過問，對什麼事都提不起勁，就連人類都不能讓我產生興趣——不，應該說就連女人也不能讓我產生興趣……」

羅森格蘭茲說：「哎呀，那太可惜了！剛才我們在來的路上碰到一個戲班子，就是您向來很喜歡的那個戲班子，在城裡專演悲劇的，他們正要來這裡向您獻藝呢！」

正說著，就有侍者前來通報，說戲班子來了。

聽到這個消息，哈姆雷特非常難得的露出久違的笑容，精神看起來也好了很多。

實際上，哈姆雷特已迅速想到一個計策。他默默的盤算著：「我不妨叫這班伶人

在我叔父面前表演一齣跟我父親慘死的情節相彷的戲劇，然後在一旁窺察他的神色，這樣我就可以知道該怎麼辦……」

自從那天深夜和鬼魂說過話之後，哈姆雷特的內心就飽受煎熬。有時他也會懷疑自己所看見的幽靈會不會是魔鬼的化身，也許是魔鬼看準了他的柔弱和憂鬱，才來向他作祟，想引誘他沉淪，做出違法的事；但有的時候他又痛責自己真是一個該死的蠢才，親愛的父親被人謀殺了，連鬼魂都在鞭策他復仇，他這做兒子的卻只會用空言發牢騷，始終不能採取實際的復仇行動，真是不應該啊！

「好，等我藉著這齣戲得到更切實的證據以後，我就要採取行動了！」哈姆雷特下了決心。

在哈姆雷特精心安排的好戲上演之前，他在走廊上遇到了奧菲莉雅。美麗的奧菲莉雅是受父親波格涅斯之命前來試探哈姆雷特的，而波格涅斯和國王克勞狄斯就躲在帷幕後面，想要偷聽他們的談話。

哈姆雷特沒注意到奧菲莉雅朝著自己走過來，他正陷入沉思中。

「生存還是毀滅，這是一個值得考慮的問題。是要默默忍受命運發出的暴虐毒劍，或要挺身反抗人世間無邊無際的苦難，在奮鬥中掃除一切苦難？這兩種行為，到底哪一種更高貴？……」

奧菲莉雅來到哈姆雷特的面前，柔聲說：「我的好殿下，您這段時間以來貴體安好嗎？」

「啊……謝謝妳，我很好，很好，很好。」哈姆雷特一時還不能回過神來。

奧菲莉雅又說：「殿下，我有幾件您之前送給我的紀念品，我早就想把它們還給您……」

不料，哈姆雷特竟然一口否認道：「什麼禮物？我不要，我從來沒有給過妳什麼東西！」

奧菲莉雅一聽，傷心的說：「殿下，我記得很清楚，您確實把它們送給我，當時還跟我說了很多甜蜜的言語，那些言語使得這些禮物更加貴重。但是，要是送禮的人變了心，那麼再貴重的禮物也會失去它們的價值，您還是趕快拿回去吧。」

可是，哈姆雷特還是不承認送過什麼東西給奧菲莉雅，並且還開始語無倫次，甚至嚷著要奧菲莉雅「進尼姑庵去吧！」然後，就神情狂亂的跑掉了。

「啊，天上的神啊，讓他清醒過來吧！」奧菲莉雅痛苦的說：「一顆多麼高貴的心竟然就這樣隕落了！……」

這時，波格涅斯和國王克勞狄斯從帷幕後面走了出來。

克勞狄斯說：「我覺得他的精神錯亂不像是為了戀愛，他說的話雖然有些顛三倒四，也不像是瘋狂。不過，既然羅森格蘭茲、吉爾登斯敦，甚至奧菲莉雅都沒辦法讓

愛爾蘭畫家麥克利斯（Daniel Maclise, 1806～1870）畫出國王觀看戲臺正上演著影射他殺人的橋段時，良心不安的神情。

他敞開心胸，吐露心事，我看還是趕快派他出國吧。對了，就讓他去英國，向他們追討延宕多時的貢物好了。也許改變一下環境，讓他到海外各國去遊歷一趟以後，就能排解使他精神恍惚的心事了。」

波格涅斯則說：「我還是認為，應該是戀愛的失意造成他如此煩悶……這樣吧，待會兒看完戲以後，不妨讓王后單獨和他談一談，我也躲在旁邊偷聽。要是我們還問不出他的心事，您再叫他去英國，或者把他關在一個適當的地方吧。」

克勞狄斯想了一想，決定採納波格涅斯的建議，就說：「好，就這麼辦吧，大人物的瘋狂是不能聽其自然的。」

一切都已就緒，好戲馬上就要上演了。

霍拉旭陪伴在哈姆雷特的身邊。哈姆雷特頗有所感的說：「霍拉旭，你是我所認識的人之中最正直的一個。」

「啊，殿下……」霍拉旭受寵若驚。

「不要以為我在恭維你，你確實就是我靈魂裡選中的人，因為你雖然經歷過顛沛，卻不曾受到一點傷害，不管是命運的虐待或恩寵，你都能泰然處之。能夠把感情和理智調整得那麼適當的人是有福的，這樣命運就不能把他玩弄於股掌之間……」此刻哈姆雷特的意識顯然是非常清楚的。

接著，哈姆雷特把自己的計畫告訴霍拉旭，並請霍拉旭待會兒要幫忙一起觀察國王看戲時的反應。

很快的，國王、王后以及許多王宮貴族，包括美麗的奧菲莉雅都陸續來到城堡的廳堂，準備要欣賞戲劇。不管是誰和哈姆雷特打招呼，哈姆雷特都是一副瘋瘋癲癲的樣子，老是答非所問，不知所云。

這齣戲所演的是發生在維也納宮廷的一件謀殺案。有一個公爵名叫貢札古，他的妻子叫作巴普蒂。貢札古公爵有一個近親，叫作琉西安，琉西安是一個卑劣小人，由於覬覦公爵的財產和嬌妻，就昧著良心設下毒計，害死了公爵，然後霸占了公爵的財產，並且竟然還很快就得到了巴普蒂的芳心。

哈姆雷特和霍拉旭都發現看著戲的國王和王后已流露出不自在的神情。當劇情進行到貢札古公爵在花園午睡，琉西安乘機要毒害公爵的時候，國王克勞狄斯再也看不下去了，臉色大變的站起來，馬上就喊人點起火把回宮去。

哈姆雷特安排戲班子到宮廷演戲，要窺察國王觀戲的神色。美國畫家艾比的畫作。

國王一走，戲也就停了。

哈姆雷特看著匆匆離去的「琉西安」，覺得總算足以斷定鬼魂所說的確實是實情，並不是出於他的想像。哈姆雷特有一種終於鬆了一口氣的感覺，現在他真的可以堂堂正正的展開復仇了！

國王克勞狄斯一離開大廳，馬上把羅森格蘭茲和吉爾登斯敦這兩個心腹找來，對他們說：「我不喜歡他！我不能再縱容他這樣胡鬧下去！這對於我來說是一個很大的威脅。我要命人趕快準備文書，打發他跟你們一起到英國去！否則他的瘋狂時時刻刻都會危及我的安全！」

不過，受到剛才那齣戲的刺激，良心不安的克勞狄斯也忍不住獨自走到一個僻靜的角落，跪下來默默的祈禱：「啊，我的罪惡已經上達於天，我的靈魂上背負著一個殺害兄弟的暴行，有哪一種祈禱是我適用的呢？……」

克勞狄斯跪禱著，他是如此專注，以至於渾然不覺哈姆雷特已拿著劍悄悄出現在他的身後。

哈姆雷特本想一劍就結束克勞狄斯罪惡的生命，但是他剛舉起寶劍，又改變了主意。

「這個惡人殺死了我的父親，如果我在他祈禱的時候、在天國之路為他開啟的時候結束了他的性命，豈不是正好把這個惡人送上天堂？這還能叫復仇嗎？不，這簡直是以恩報怨了！」

想到這裡，哈姆雷特就放下劍迅速離去，打算等到另外理想的時機再實施自己的復仇計畫。

國王克勞狄斯正跪禱著，哈姆雷特拿著劍悄悄出現在他的身後。德拉克洛瓦的畫作。

與此同時，在王后的寢宮，大臣波格涅斯對王后說：「他就要來了，請您一定要好好的教訓他，讓他知道他這種狂妄的態度實在是教人忍無可忍了，如果不是王后您一直在保護他，只怕王上早就已經對他大發雷霆了。」

「我知道，你放心吧……」王后聽到哈姆雷特的腳步聲，趕緊對波格涅斯說：「他來了，你趕快退下吧。」

波格涅斯立刻躲進帷幕後面，豎起耳朵打算把王后和哈姆雷特的對話聽個仔細，待會兒好一五一十的向國王克勞狄斯回報。

哈姆雷特走了進來，「母親，您叫我有什麼事？」

王后說：「哈姆雷特，你已經大大得罪了你的父親啦。」

哈姆雷特明明知道母親指的是他現在名義上的父親，也就是殺父凶手克勞狄斯，可是偏偏假裝聽不懂，還像鸚鵡學舌一樣學著母親的口氣回嘴道：「母親，您已經大大得罪了我的父親啦。」

王后很不高興，「不要跟我胡說八道！」哈姆雷特也說：「不要跟我胡說八道！」

「哈姆雷特，你到底是怎麼了？難道你不知道我是誰嗎？難道你連我都不認識了嗎？」

「我當然知道妳是誰，妳是王后，是妳丈夫的兄弟的妻子，妳又是我的母親……啊，但願妳不是！」

「你這個樣子我沒辦法跟你說話了，我還是去找那些會說話的人來吧！」說著，王后就站了起來。

但是，哈姆雷特立刻拉住母親，「來，坐下來，不要動，我要把一面鏡子放在妳的面前，讓妳看一看妳自己的靈魂。」

王后很害怕，拚命掙扎，「哎喲，你要做什麼？你不是要殺我吧？救命！救命呀！」

躲在帷幕後面的波格涅斯聽到王后大喊「救命！」，以為王后有危險，也情急的大嚷起來：「來人啊，救命！」

「誰？是誰躲在那裡？」哈姆雷特立刻拔出劍，大吼一聲：「哼，鼠賊！看我結束了你！」

他以為躲在帷幕後面的是克勞狄斯，覺得這是一個絕好的時機，馬上一劍刺穿帷幕，倒楣的波格涅斯就這樣一命嗚呼了。

「哎喲，看你幹了什麼好事！」

「我也不知道，那不是國王嗎？」

「是波格涅斯啊，啊！多麼魯莽殘酷的行為！」

「殘酷的行為！」哈姆雷特冷笑道：「是啊，好媽媽，簡直就跟殺了一個國王，然後再去嫁給他的兄弟一樣壞！」

「殺了一個國王！」王后的眼睛睜得大大的，全身都戰慄起來。

「是啊，母親，我就是這麼說的……」

接著，哈姆雷特用相當嚴厲的口氣，痛陳母親的不是。

「啊，不要再說下去了！」王后感到非常慚愧，「你使我的眼睛看見了我自己靈魂的深處，看見我靈魂裡那些洗不掉的黑色汙點……」

不過，哈姆雷特壓抑得太久了，這會兒有些一發不可收拾，所以仍然不停的數落著。

王后痛苦的說：「你的話就像刀子一樣戳進我的耳朵，求求你不要再說下去了，親愛的哈姆雷特！」

哈姆雷特原本或許還停不下來，然而就在這時，他突然看到——先前在深夜的城頭和他說過話的鬼魂又出現了！只不過這回鬼魂不再是全身甲冑，而是穿著睡衣。

「天上的神明啊，救救我吧！」哈姆雷特語調激昂的說：「陛下英靈不滅，有什麼見教？」

王后大驚失色，「哎喲，他瘋了！」

她被嚇得臉色慘白，因為她什麼也沒瞧見；在她看來，哈姆雷特就像是忽然一臉凝重的對著空氣說話。

「您不是來責備您的兒子不該如此浪費時間和感情，耽誤了應該做的大事吧？」

鬼魂說：「我是來督促你快要蹉跎下去的決心，還有……看，你母親那驚愕害怕的表情，快去安慰她吧！」

於是，哈姆雷特轉過頭來，「您怎麼啦，母親？」

王后發著抖說：「為什麼你的眼神那麼狂亂？為什麼你要向空中喃喃自語？」

「您沒有看見嗎？」

「看見什麼？」王后現在更害怕了，「這裡除了我們兩個，沒有別人啊……」

「看！」哈姆雷特忽然伸手一指，「他走了！我的父親，穿著他生前的衣服，走了！」

「哈姆雷特，你嚇死我了，這都是你腦子虛構出來的意象，一個人在心神恍惚的時候，最容易發生這種錯覺……」

「哈哈，心神恍惚！不，我的脈搏和您的一樣，正按著正常的節奏跳動哩！」

接著，哈姆雷特話鋒一轉，又繼續叨念起母親：「向上天承認您的罪惡吧！要發自真誠的懺悔過去，警戒未來，不要把肥料澆在雜草上，而給了它蔓延的力量。請原諒我這番正義的勸告，因為在這萬惡的時代，正義必須向罪惡乞求寬恕……」

「啊，哈姆雷特，別說了，你把我的心都劈為兩半了！」

「那就把壞的一半丟掉，保留那好的一半吧……」哈姆雷特苦口婆心的勸告母親迷途知返，不要再跟她現在的丈夫、也就是殺害她先夫的凶手克勞狄斯在一起。

哈姆雷特誤殺了波格涅斯之後，國王克勞狄斯就有了一個可以把哈姆雷特趕出丹麥的理由；表面上，克勞狄斯假惺惺的表示這麼做是為了要保護哈姆雷特，於是以哈姆雷特心神癲狂為由，寫信給英國朝廷，交給羅森格蘭茲和吉爾登斯敦，要他們陪同哈姆雷特到英國去。

大多數的人都能認同國王做這樣的安排相當合適。大家都相信，哈姆雷特的瘋病只要到了英國就會慢慢好起來，就算好不了而一直留在英國也沒有什麼關係，英國人是不會把哈姆雷特當作瘋子的，因為大部分的英國人都跟哈姆雷特一樣的瘋！

但是，大家都不知道，國王克勞狄斯在寫給英國朝廷的那封信上動了手腳，囑託他們等到哈姆雷特一上岸，就立刻把他處死。幸好這個陰謀被哈姆雷特及時察覺，當

他發現那兩個從小一起長大的同伴對於這項陰謀竟然也知情以後，真是既憤怒又傷心，於是，在旅途中他悄悄偷走了那封信，並且篡改了內容，改成克勞狄斯國王希望英國朝廷在船一靠岸之後，就立即處死羅森格蘭茲和吉爾登斯敦。

經過一番漂流，哈姆雷特終於輾轉回國了。

這天，在重新踏上故土，並且快接近皇宮的時候，他經過墓園，無意中正好看到有群人好像在舉行喪禮的儀式，而且國王、王后還有很多朝臣都在場，便引起哈姆雷特很大的疑惑。

「奇怪，他們是送什麼人下葬呢？儀式為什麼這麼草率？……看起來他們所送葬的那個人一定是一個有身分的人，同時又是自殺而死的……」哈姆雷特好奇的湊近人群，靜靜的站在外圍觀看。

然而，當他赫然發現大家竟是為奧菲莉雅辦喪禮時，他再也沒有辦法保持沉默了。

「啊，奧菲莉雅！」哈姆雷特大慟，歇斯底里的跳進墓穴中。

他覺得天底下再沒有哪一個人的心裡能夠裝載得下如此沉重的悲傷了！

哈姆雷特一現身，立刻引起極大的騷動。奧菲莉雅的哥哥雷歐提斯也跟著跳進墓穴，聲稱要為父親和妹妹報仇！

原來，奧菲莉雅得知父親死於哈姆雷特的劍下之後，精神大受刺激，漸漸的愈來愈不正常，經常呢呢喃喃唱著一些毫無意義的歌，又到處摘花，在皇宮裡跑來跑去的到處拋撒，說是為了父親的葬禮而撒。有一天，奧菲莉雅獨自來到小河邊，用雛菊、野花和雜草編了一個花圈，然後爬到柳樹上，想把這個花圈掛到柳枝上，結果，細細的柳枝折斷了，美麗的奧菲莉雅就跌進水裡淹死了。

哈姆雷特和雷歐提斯扭打成一團，眾人趕緊上前，費了好大的勁，好不容易才把兩個人分開來。

兩個年輕人冷靜下來後，互相取得了諒解。哈姆雷特向雷歐提斯道歉，表示自己

英國畫家韋斯托爾（Richard Westall, 1765～1836）的奧菲莉雅，正要把花圈掛到河邊的柳枝上。

剛才的失態是因為太過悲傷，而雷歐提斯也是一個明理的人，知道哈姆雷特不是成心要殺自己的父親，父親的死可以說是一個可怕的意外，而妹妹奧菲莉雅的死似乎也不能完全要哈姆雷特負責。

不過，國王克勞狄斯可不樂意看到兩個青年講和，他那邪惡的腦袋迅速想出一個計策，想要對哈姆雷特不利。

結果，就在國王的慫恿下，雷歐提斯表示要跟哈姆雷特來一場友誼性的比劍。

哈姆雷特接受了雷歐提斯的挑戰。

哈姆雷特對陪伴在自己身邊的霍拉旭說：「我想我是不會輸給他的，因為我向來練習得很勤，可是，也不知道是怎麼回事，我的心裡現在很不舒服……」

霍拉旭說：「要是您不想比就不要比了吧，我可以去通知他們……」

「不用了，就算這是什麼預兆，又有什麼好怕的呢？一切都是命運，注定在今天，就不會是明天；不是明天，就是今天；逃過了今天，也逃不過明天，隨時準備著就是了……再說，一個人既然在離開世界的時候不知道他會留下些什麼，那麼早早脫身而去，不是更好嗎？隨它去吧！」

就這樣，比劍開始了，國王克勞狄斯的毒計也統統都布置好了。

國王克勞狄斯決心一定要取哈姆雷特的性命，為了「萬無一失」，他在兩方面都動了手腳：第一，他讓雷歐提斯使用的那把劍的劍鋒上塗抹劇毒，這樣只要劍鋒輕輕劃到哈姆雷特，哈姆雷特就會中毒而死；第二，他暗暗在桌上放了一杯毒酒，準備要伺機拿給哈姆雷特飲用。

克勞狄斯深信哈姆雷特死定了，沒想到事情的發展卻超乎了他的計畫。

在激烈的纏鬥中，哈姆雷特固然被毒劍輕輕劃到，但是兩人卻在交鋒中無意間交換了武器，那把毒劍鬼使神差的到了哈姆雷特的手上，緊接著哈姆雷特就拿起毒劍朝雷歐提斯刺過去。就在雷歐提斯受傷倒地的同時，王后也發出駭人的尖叫，隨即倒了下來，原來，那杯放在桌上的毒酒被王后誤飲了。

雷歐提斯在臨死之前，告訴了哈姆雷特關於毒劍和毒酒的陰謀。哈姆雷特知道自己不久也要死了，馬上舉起還殘留著劇毒的毒劍，一劍朝向那奸詐狠毒的王叔刺過去！

就這樣，哈姆雷特終於殺了克勞狄斯，為父親報仇，他的心裡也得到安寧了。

忠實的霍拉旭本想飲下殘餘的毒酒，追隨王子而去，但是哈姆雷特在臨終前用虛弱的口氣阻止他，並且要求霍拉旭一定要活下來，為他向後人講述自己的故事。

霍拉旭只得同意，他看著哈姆雷特嚥下最後一口氣，淚流滿面的說：「一顆高貴的心碎裂了！晚安，親愛的王子，願成群的天使用歌唱撫慰你安息！……」

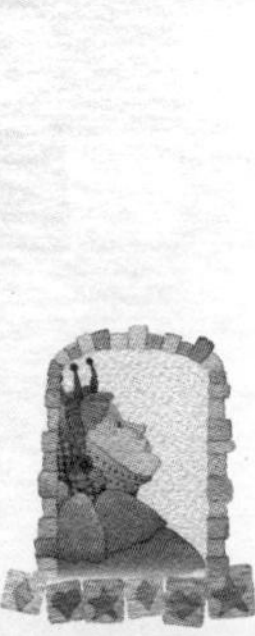

關於《哈姆雷特》

憂鬱王子哈姆雷特

哈姆雷特是「莎學」中最常被研究的一個人物。哈姆雷特悲劇的起點，是一個他應該去完成的任務，那就是為父報仇。對於這個任務，哈姆雷特似乎表現得猶豫不決，至於他為什麼會這麼猶豫不決，有人說，「遲疑」本來就是一種很好用的戲劇手法，首先，這能有效延長戲劇時間，否則豈不是開場沒多久就要結束了？其次，能夠不斷的呈現人物內心的矛盾和掙扎，豐富戲劇感。不過，據說也有超過三分之一的論者指出，哈姆雷特之所以遲遲無法下定決心採取具體的行動，是因為他的憂鬱性格。

此外，關於「理性」與「激情」，也是這齣劇作所討論的主題。哈姆雷特並不害怕、也不逃避復仇行動，問題是他希望能夠理性的執行任務（譬如他不願在仇人禱告的時候行動），然而復仇又偏偏是非常需要激情才能夠完成的，因此，他的遲疑終於為自己帶來了不幸。

奧賽羅

深夜，威尼斯的街道上一片寂靜，已經看不到還有什麼人在外頭閒晃。

就在這個時候，偏偏有兩個人影朝著布拉班修元老富麗堂皇的住宅走去；一個是失意的軍官伊高，另外一個是伊高的朋友羅德利哥。

伊高一邊走一邊不斷的發著牢騷。最近他的部隊裡有一個升職的機會，奧賽羅將軍要任命一個副將，本來伊高對這個職位寄望頗高，認為憑著自己的資歷和年紀，說什麼這個職位都應該是自己的，沒想到等人事命令發布的時候，真是令伊高大失所望，因為獲得高升的居然是另一個年輕的軍官卡西歐。

「卡西歐那小子算是什麼東西啊！」伊高憤慨的罵道：「他從來不曾在戰場上領過兵，對於布陣作戰的知識還比不上那些成天待在家裡的女人！就算他懂一點書本上的理論，但是又如何？朝裡的元老們講起話來也比他更頭頭是道！只有空談，沒有實際，這就是卡西歐全部的軍人資格！可是，這傢伙居然得到了任命！那個可惡的黑將軍居然會提升這種貨色！」

伊高之所以把奧賽羅將軍稱為「黑將軍」，是因為奧賽羅是一個皮膚黝黑的摩爾人。在那個年頭，很多人對於酷似黑人的摩爾人還是相當歧視的。

羅德利哥也為伊高抱不平：「你這麼委屈，怎麼還能在那個黑將軍的手下幹下去啊？」

「這也是沒有辦法的事啊，雖然我恨那個摩爾人就像恨地獄裡的刑罰一樣，但我還是必須跟他假意周旋。不過，老兄，你放心吧，我之所以跟隨他，對他陪小心，既不是為了感情，也不是為了義務，只是為了我自己的利益才不得不戴上這副假面具……」

說著說著，他們已來到布拉班修元老的家門口。

伊高對羅德利哥說：「來吧，按照我們的計畫，把她父親叫起來！」

伊高所說的「她」，是指布拉班修元老的獨生女——美麗賢淑的黛絲狄蒙娜。

「好呀！我們來大鬧一下！」說罷，羅德利哥就用一種彷彿是叫「失火！」的聲音大喊大叫起來：「喂！喂！布拉班修！布拉班修先生！喂！起來呀！」

伊高也大聲嚷著：「快醒醒呀！布拉班修先生！你家遭小偷啦！快起來捉賊呀！」

不一會兒，布拉班修先生二樓的臥室有了亮光，很快的，布拉班修先生從窗口探出腦袋，對站在下面擾他清夢的兩個人非常不滿的說：「什麼事啊？半夜三更的鬼喊鬼叫！」

羅德利哥說：「先生，您家裡的人都在嗎？有沒有少了哪一個？」

伊高說：「您的門都鎖上了嗎？」

「咦，你們幹麼這麼問我？」布拉班修先生覺得莫名其妙。現在他認出羅德利哥了，羅德利哥想要娶黛絲狄蒙娜，不久前剛剛被他拒絕。

「羅德利哥先生，這是什麼意思？」布拉班修先生很不高興的問道。

羅德利哥還來不及回答，伊高就用鄙夷的口氣說：「哼，先生，您還不知道有人偷了您最珍貴的東西啦！還不趕快起來，就在這一刻，一頭老黑羊正在跟您的白母羊親熱呢！」

聽到這麼下流的話，布拉班修先生勃然大怒，立刻朝著伊高怒喝道：「你是個什麼混帳東西，居然敢這樣胡說八道！」

伊高說：「先生，我可是好意來告訴您，令嬡已經被那個摩爾人給誘拐了！」

「摩爾人？你是說奧賽羅將軍？這怎麼可能？」布拉班修先生不相信，「他是我家的貴客，我們一直都相處得很好，他怎麼會做這種事？」

伊高用非常曖昧的口氣嘲弄道：「顯然他跟您的女兒相處得更好呀！」

「你——你這個混蛋！」布拉班修先生簡直快氣瘋了。

伊高冷笑道：「您可是一個元老呢！在咱們威尼斯您也算是個有頭有臉的人，可惜啊，您竟然看不住您的女兒！」

這時，羅德利哥幫腔道：「先生，難道您對這個事情一點也不知道嗎？這實在是令人感到難以置信啊！要是令嬡沒有得到您的許可，就把她的責任、美貌、智慧和財產，全部給了一個到處漂泊、四處為家的異鄉人，那她真的是幹下一件重大的逆行了！我們可是出於一番好意才來提醒您，您如果不信，大可現在就去看看，看看您的寶貝女兒在不在她的房裡？」

布拉班修先生不再跟他們多費口舌，馬上轉身大呼：「來人！點起火來！把我的僕人統統叫起來！我要去親眼驗證一下，看看黛絲狄蒙娜到底在不在她的房間裡！」

看到布拉班修先生果真採取了行動，伊高就對羅德利哥說：「我先走一步，待會兒你就帶他們去馬人旅社，在那裡一定可以找到他，我也會在那裡跟你碰頭。」

說完，他就匆匆離去。

不一會兒，布拉班修先生率著好幾個家丁急急忙忙的走出來，僕人們有的手持火炬，有的拿著武器。一看到羅德利哥，布拉班修先生就氣急敗壞的嚷道：「天啊！真的有這樣的禍事！我的女兒，竟然欺騙了我！……你剛才說她跟那個摩爾人在一起嗎？……天啊！誰還願意做一個父親！……唉，想不到她會這樣欺騙我！……早知道應該把她嫁給你！……你想，他們有沒有結婚呢？」

「說老實話，我想他們已經結婚啦。」

「天啊！她是怎麼出去的？你知道她現在跟那個摩爾人在哪裡嗎？」

「我知道，跟我走吧！」

伊高提早一步趕到馬人旅社，裝成忠心耿耿的樣子向奧賽羅通風報信，說布拉班修元老計畫要對他不利，很快就要來了，建議奧賽羅趕快躲起來。

「不，讓他們來吧，」奧賽羅說：「我是高貴祖先的後裔，我有充分的資格，享受我目前所得到的值得驕傲的幸運……我坦白跟你說，如果不是我真心愛戀著溫柔的黛絲狄蒙娜，就算給我大海中所有的珍寶，我也不會放棄無拘無束的自由生活，來遷就家室的束縛……」

就在這時，布拉班修先生領著一群人氣勢洶洶的來了。

布拉班修先生一看到奧賽羅，就像看到仇人似的，咬牙切齒的對著身邊的家丁下令道：「殺了他！這個該死的賊！」

家丁們紛紛拔出劍來，虎視眈眈的瞪著奧賽羅。

伊高也馬上拔出佩劍，裝模作樣的對羅德利哥凶巴巴的吼著：「你！羅德利哥！來吧，我們來比個高下！」

奧賽羅倒是相當鎮定，非但沒有拔劍應戰，還心平氣和的對布拉班修先生說：

「老先生，像您這麼年高德劭，有什麼事可以直接命令我們，何必動武呢？」

「呸！你別假惺惺了！我一直這麼看重你，對你又一直這麼禮遇，結果你就這樣回報我？你太不講道義了！」布拉班修先生簡直快氣炸了，怒喝道：「我問你，你把我的女兒藏到哪裡去了？哼，你一定是用了什麼妖術，才會讓她這麼神智不清！你也不看看你自己是個什麼東西，像她這樣一個年輕貌美嬌生慣養的姑娘，在我們國家裡多少有錢有勢的俊秀子弟追求她，她都看不上眼，如果不是中了魔，怎麼會不怕人家的笑話，還背著自己的至親而投入你這個醜惡的黑鬼懷裡？任何人隨便想想都知道是不可能的！」

布拉班修先生愈罵愈氣，「走！我要逮捕你！跟我去見公爵！」

奧賽羅還是非常平靜的說：「好啊，公爵的使者就在這裡，他也是剛剛才到，說因為有緊急的公事，公爵要我馬上去見他。」

威尼斯公爵的使者往前站了出來，證實了奧賽羅所言不虛，並且對布拉班修先生

說：「大人，公爵正在舉行緊急會議呢，我相信他一定也派人請您過去了。」

布拉班修先生知道，自己一定是和公爵派來的人錯過了。他很生氣的說：「什麼？公爵正在舉行會議？在這麼晚的時候？好，我的事情也不是一件小事，我相信公爵和我的同僚們知道了這個事，一定也會覺得就像是他們自己受到了侮辱一樣！哼，要是這樣的事都可以相應不理，那麼只怕奴隸和異教徒都要來主持我們的國政了！」

議事廳裡燈火通明，威尼斯公爵和眾元老們圍桌而坐，大家都一臉嚴肅的討論著一連串讓人心驚的消息；據多方可靠消息顯示，有一支高達一百多艘甚至逼近兩百艘的土耳其艦隊正向塞浦路斯進發，這麼一來很快就會威脅到威尼斯的安全。

突然，有人進來通報，說布拉班修元老和那個「勇敢的摩爾人」來了。

「哦，來得正好，快請快請！」公爵起身，親自迎接。

「英勇的奧賽羅，」公爵先向奧賽羅打招呼，急切的說：「我們必須立刻派你率軍去跟我們的公敵土耳其人作戰。」

接著，公爵又對布拉班修先生說：「先生，今晚我們也很需要你的見教和幫助。」

「唉，我同樣需要您的指教和幫助，」布拉班修先生喪氣的說：「殿下，請您原諒我，我並不是因為國家大事而從睡夢中驚醒，老實講國家的安危不能引起我的注意，因為我個人的悲哀已經壓倒一切，把其他的憂慮都一起吞沒了！」

「怎麼了？發生了什麼事？」

「我的女兒！啊，我的女兒啊！」布拉班修先生悲呼。

公爵嚇了一跳，「怎麼了？她死了嗎？」

「是啊，對於我來說，她是死了啊！因為她被人汙辱了！那個用妖術誘拐她的惡

魔就在這裡！」布拉班修先生指著奧賽羅，恨恨的說：「就是他！就是他毀了我的女兒！也毀了我！」

公爵看著奧賽羅，「這是怎麼回事？」

奧賽羅回答道：「各位大人，我確實把這個老人家的女兒給帶走了，我已經和她結了婚……」

在場的公爵和元老們聽到奧賽羅這個宣布，都大吃一驚。

「我是一個粗人，一點也不懂那些文雅的辭令，不過，如果各位願意耐心的聽我說下去，我完全可以告訴各位到底是怎麼回事……」

於是，奧賽羅就娓娓說起他和黛絲狄蒙娜相戀的經過。在他開始之前，奧賽羅建議公爵不妨派人去把黛絲狄蒙娜接來，這樣等一下大家就可以拿他的說詞向黛絲狄蒙娜求證，看看他所說的是不是事實。

奧賽羅說，一開始他只是應布拉班修先生的邀請經常去他們家作客（對於這一點，布拉班修先生不斷的抱怨真是悔不當初！），這麼一來，奧賽羅很自然的就會陸陸續續的講起自己的各種冒險故事。他的閱歷實在是太豐富、太精采也太特別啦，不只是他去過的那些荒涼的沙漠、神祕的岩窟、巍峨的山峰是一般人幾乎一生都不可能到過的，他那些被敵人、甚至被食人族俘虜，繼而又靠著自己的冷靜果敢而終於脫險的經歷，更是一般人恐怕幾輩子都不可能碰到的。大家都對這些充滿傳奇色彩的冒險故事非常喜愛，每當奧賽羅在講述的時候，大家都聽得如痴如醉，而其中聽得最入迷的就是黛絲狄蒙娜。

有一次，黛絲狄蒙娜告訴奧賽羅，如果他有一個朋友愛上她，那麼奧賽羅只要教這個朋友照本宣科的同樣講述他的故事，就可以得到她的愛情。奧賽羅本來就對黛絲狄蒙娜十

奧賽羅向黛絲狄蒙娜及布拉班修先生述說他充滿傳奇的冒險故事。英國維多利亞時期畫家寇普（Charles West Cope, 1811～1890）的作品。

〈奧賽羅與黛絲狄蒙娜相見〉。這是萊德（Thomas Ryder, 1746～1810）依據英國畫家斯托瑟德的圖，於1795年完成的銅版畫。

分心儀，只是不敢唐突，聽了黛絲狄蒙娜這番暗示，這才大膽向黛絲狄蒙娜表明心跡，並且向她求婚。

奧賽羅說：「她為了我所經歷的種種患難而愛我，我為了她對我所抱持的同情、也就是她的善良而愛她，這就是我唯一的妖術……」

說到這裡，黛絲狄蒙娜來了。不過，公爵覺得似乎沒有必要再向黛絲狄蒙娜求證什麼。公爵對布拉班修先生說：「像這樣的故事，我想我的女兒聽了也會著迷的。布拉班修，木已成舟，我看你就接受吧，別再懊惱了。」

可是布拉班修先生還是不服，堅持非要聽女兒親口證實她確實是愛慕著奧賽羅。結果，令布拉班修先生相當失望的是，黛絲狄蒙娜明白肯定的表示，她和奧賽羅的確是真心相愛。

黛絲狄蒙娜還說：「我大膽的行動就是為了要向世人宣告，我愛他，所以願意和他共同生活。我的心靈完全被他高貴的德行所征服，在他崇高的精神裡，我看見他奇偉的儀表。我已經把我的靈魂和命運都奉獻給他了！」

黛絲狄蒙娜得知公爵將派奧賽羅出征後，甚至還表示希望公爵能夠允許她也跟著去，否則想到要和丈夫分開，她就覺得度日如年。

布拉班修先生沉默了一會兒，嘆了一口氣道：「我沒有話說了。殿下，請您繼續處理國家大事吧。過來，摩爾人，我現在用我的全副誠心，把她給了你。女兒，為了妳的緣故，我很高興我沒有別的孩子，否則妳的私奔會把我變成一個虐待兒女的暴君，我非要給他們的手腳都加上鐐銬不可！」

看到這場風波就這麼圓滿的落幕，最失望的莫過於想要興風作浪的伊高和羅德利哥。

稍後，當他們兩個人單獨在一起的時候，羅德利哥愁眉苦臉的說：「唉，我真想去投水！」

伊高說：「嘿，如果你真的投了水，我可不喜歡你了，你這個傻大少爺！」

「要是活著是這樣受苦，傻瓜才願意活下去，如果一死可以了卻煩惱，還是死了的好！」

「去去去！別盡說這些沒出息的話了！」

「我該怎麼辦啊？」羅德利哥哀嘆道：「我承認這樣痴心是一件很丟臉的事，可是我也沒有辦法啊！」

「廢話！什麼叫作沒有辦法？」伊高斥責道：「我們要這樣那樣，只有靠我們自己。我們的身體就像一座園圃，我們的意志就是這園圃裡的園丁，無論你是要插蕁麻，或是種萵苣，或是把整個園圃弄得花團錦簇，或是雜草叢生，那個力量都是來自我們的意志！」

「你說得好像很有道理，可是這對我沒什麼用，」羅德利哥又嘆了一口氣，「我還是覺得好痛苦！」

「打起精神，我們同心合力一起向那個摩爾人復仇吧！這樣你就可以消氣了，不過，你得多準備一點錢來！」

「錢沒有問題……」羅德利哥想像著如果能看到情敵奧賽羅倒楣，嗯，那一定是大快人心！誰教他搶走了黛絲狄蒙娜，活該！

於是，羅德利哥就很爽快的說：「我明天就去變賣我的土地！」

和羅德利哥分手後，伊高心想：「要不是為了讓這個傻瓜掏錢出來讓我花用，要不是為了替我自己解解悶氣，我如此浪費時間跟這麼一個呆子周旋，真是對不起我的人生閱歷……」

伊高之所以會那麼恨奧賽羅，除了因為奧賽羅偏愛卡西歐，這回把升官的機會給了卡西歐之外，還因為不久前伊高聽到一個流言，說奧賽羅和自己的妻子艾米利亞之間有不正常的關係。伊高不去追查這個流言到底是怎麼來的，真實性又是如何，就輕率的認定為了要萬無一失的保障自己的權利，當然還是要「寧可信其有」！從此，這種思想就像毒藥一樣腐蝕著伊高的肝腸，不管什麼事都不能讓他心滿意足，除非他能夠在奧賽羅的身上發洩這口怨氣！

他就這樣用極其歹毒的心思盤算著：「有什麼辦法是可以一箭雙鵰，讓這個摩爾人和那個該死的卡西歐一起倒楣？……」

伊高知道奧賽羅坦白爽直，只要裝出一副忠厚誠實的樣子，就會被奧賽羅認定是一個好人；卡西歐也沒什麼心機，也很好對付；更何況奧賽羅現在對伊高已經抱著相當程度的信任和好感，這無疑將使伊高實施報復計畫的時候更為方便。

「哼！我一定可以把那個摩爾人像一頭驢子一樣牽著鼻子跑！……啊，有了有了！哈哈！我想到了！」伊高得意的真想仰頭大笑。

在伊高邪惡的頭腦裡，一條毒計已經在這個黑夜裡醞釀出來了，奧賽羅即將被帶向通往地獄的道路。

伊高的計謀，說簡單也很簡單，就是要利用卡西歐「長得漂亮、人又溫和、天生就能媚惑女人」的特點，想要造謠讓奧賽羅誤以為黛絲狄蒙娜和卡西歐關係曖昧，讓奧賽羅嫉妒得發狂；伊高認為，只要能夠在奧賽羅的心裡激起根深柢固的嫉妒，這種心病就沒有任何理智的藥可以救治。

剛好，當奧賽羅偕同愛妻才抵達塞浦路斯，就接到一個好消息——敵人的艦隊竟然被暴風吹散了！也就是說，原本一觸即發的戰事竟然就這麼神奇的消失了，島上頓時變得像過節似的，一片歡樂，人人都在高高興興的飲酒作樂。伊高就利用這種輕鬆的氣氛，暗中開始實施他的計畫。

這天晚上，警衛隊由卡西歐負責指揮，奧賽羅交代卡西歐一定要保持謹慎，不要讓士兵們縱樂無度而肇成意外。

就在卡西歐準備要去守夜的時候，伊高藉口說時間還早，硬是把卡西歐拉去喝酒，當時，塞浦路斯的前任總督（也就是奧賽羅的前任）蒙太諾也在餐桌上，然後伊高就假裝熱情的拚命向卡西歐勸酒。卡西歐原本不肯，因為他知道自己的酒量不行，可是伊高竟然唱起了勸酒歌，讓卡西歐很難推託。為了不要掃大家的興致，卡西歐糊里糊塗的就喝多了，腦子也漸漸的不大清楚而開始發起了酒瘋。

當卡西歐搖搖晃晃的朝著城頭走去，準備執行守夜的任務時，蒙太諾看著他的背影，皺著眉頭問道：「他常常這樣嗎？」

「可不是？」伊高搶著回答：「瞧瞧他這酗酒的樣子，恐怕再大的才能都要被抵銷了！我真擔心奧賽羅將軍對他如此信任，搞不好有一天會被他連累！」

蒙太諾說：「這種情形應該向你們的將軍提一下。或許將軍秉性仁恕，只看重卡西歐的才能就忽略了他的短處……」

說到這裡，蒙太諾停頓了一下，又繼續說道：「真可惜啊，這個高貴的摩爾人居然會讓這種人來做他的副將，實在是一件令人抱憾的事……」

蒙太諾本來對奧賽羅將軍是非常欣賞的，但是這會兒卻對奧賽羅是不是缺乏識人之明而在心裡打了個問號。

忽然，從城頭那兒傳來一陣吵雜，好像有人在高呼「救命！」，也好像聽到卡西歐有些口齒不清的在大罵「狗賊」之類。

這是羅德利哥，受了伊高的指使，悄悄從威尼斯跑到這裡來，故意挑釁，製造事端，為的就是要讓已經有些醉醺醺的卡西歐出醜。

果然，在拉扯之中卡西歐竟砍傷了前來勸架的蒙太諾！混亂之間，伊高還故意叫人跑去敲擊城堡上的警鐘。此舉實在是小題大作，但是伊高的目的就是要把亂子鬧得愈大愈好！

警鐘驚動了奧賽羅，他匆忙趕到，嚴肅的質問卡西歐到底發生了什麼事。由於「氣鬼一上了身，酒鬼就自動退讓」，卡西歐現在已經差不多清醒了，看到自己惹的亂子，慚愧得說不出話來。

奧賽羅轉頭又問伊高，伊高用一種勉為其難的態度「不得已」的把事情的經過說了一遍，當然他完全不提自己是怎樣的向卡西歐勸酒，反正卡西歐已經忘了，他當然也不會提故意鬧事的羅德利哥是自己找來的，這一點反正沒人會知道。

為了整頓軍紀，奧賽羅只得撤銷卡西歐的職位，然後掉頭就走。

卡西歐懊惱極了，他早就忘了伊高就是害自己的人，還把伊高當作好人，向伊高大吐苦水道：「啊，我的名譽已經一敗塗地。我已經失去了生命中不死的一部分，留下來的也就跟畜生沒什麼兩樣了！」

伊高一方面安慰卡西歐，說「名譽」是一件無聊的騙人的東西，得到它的人未必有什麼功德，失去它的人也未必有什麼過失；另一方面，他也對卡西歐表示關心，還假裝好意的建議卡西歐應該怎麼辦。

伊高說：「我看我們主帥的夫人現在才是我們真正的主帥呢，因為他心裡只念著她的好處，眼裡只看見她的可愛，你只要在她面前坦白懺悔，再懇求她幫你求情，她一定可以幫你官復原職的。」

卡西歐心想，這倒是一個好辦法。他對伊高的友情十分感激，卻萬萬沒有想到伊高完全是人面蛇心，更沒想到自己已經一步步的踏進了伊高布下的陷阱。

黛絲狄蒙娜向來慷慨熱心，更何況當初奧賽羅向她求婚的時候，還是卡西歐陪著來的，因此，對於卡西歐的請託，馬上爽快的一口答應，「卡西歐，我保證一定可以讓你恢復原職的，請你相信我，要是我承諾幫助一個朋友，就一定會幫到底！」

「希望這個事情不要拖得太久，畢竟我現在失去了在帳下供奔走的機會，等時間久了，有人代替了我的位置，恐怕將軍就要把我的忠誠和微勞都給忘了。」卡西歐面露憂慮。

「放心吧，」黛絲狄蒙娜保證，「我一定會盡快的。」

這時，有人進來通報，說將軍回來了。

「夫人，那我就先告辭了，」卡西歐說：「我現在的心裡很不自在，見了將軍恐怕反而不大好。」

善體人意的黛絲狄蒙娜也不強留，就讓他去了。

遠遠的，奧賽羅走了過來，伊高陪在他的身邊。

伊高故意用一種好像是不經意，但是又確定能夠讓奧賽羅聽得非常清楚的聲音咕噥了一句：「真是的，怎麼這樣！」

「你說什麼？」奧賽羅問。

「啊，沒有什麼。」伊高趕緊否認。

「咦，剛剛出去的人不是卡西歐嗎？」

「卡西歐？不會吧？卡西歐怎麼會一看見您回來，就馬上像是做了什麼虧心事一樣的溜走啊？」

「我不會看錯的，就是卡西歐。」

奧賽羅在這個時候，還沒有多想什麼。

黛絲狄蒙娜一看到奧賽羅，就積極的替卡西歐求情，還像個孩子似的纏著奧賽

羅，要他答應馬上恢復卡西歐的職務。

「好啦，親愛的，」奧賽羅用一種無限愛憐的口氣對嬌妻說：「為了妳的緣故，我就叫他早一點復職就是了，妳現在能不能稍微迴避一下，我想和伊高談一點公事，我待會兒再去找妳。」

「一定哦！」黛絲狄蒙娜說：「不可以騙我喲！」

然後，黛絲狄蒙娜就離開了。

奧賽羅痴痴的望著愛妻的背影，自言自語道：「可愛的女人！要是我不愛妳，讓我的靈魂永遠墮入地獄！當我不愛妳的時候，世界也要復歸於渾沌了……」

「尊貴的將軍……」

「嗯，你說什麼？伊高？」奧賽羅回過神來。

「您向夫人求婚的時候，卡西歐知道嗎？」

「知道啊，他從頭到尾都知道，求婚的時候也是他陪著我去的呢。」

「哦——怪不得——」伊高欲言又止。

這果然激起了奧賽羅的好奇心。奧賽羅不解的問道：「什麼意思啊？」

「也沒什麼啦……只是我本來以為他跟夫人是不認識的，這就難怪……沒什麼啦，沒什麼沒什麼，您就當我沒問吧。」

現在，奧賽羅開始感覺到不太對勁了。「伊高，你到底想說什麼？我知道你是一個忠誠正直的人，從來不會讓一句輕率的話輕易出口，所以你這種吞吞吐吐的口氣格外使我驚疑……莫非……你知道什麼事？」

奧賽羅突然想起剛才他們進來的時候，伊高曾經說過「真是的，怎麼這樣！」原來，這真的是話中有話！而且，奧賽羅敢肯定這一定是和卡西歐有關，因為當時他明明看到卡西歐剛走，伊高一定也看到了，當時伊高不是還說如果真的是卡西歐，怎麼會一看見他回來，馬上就像是做了什麼虧心事似的溜走嗎？……啊，虧心事！卡西歐會背著他做什麼虧心事？難道……會和黛絲狄蒙娜有關？卡西歐和黛絲狄蒙娜？……

天啊，奧賽羅不敢再想下去了！

接著，伊高就假裝是在奧賽羅的逼迫下，十分為難的把一些他所聽到的流言透露出來，這些流言說卡西歐和黛絲狄蒙娜過於親密，關係曖昧。其實，根本沒有什麼流言，全都是伊高自己編造出來的。

奧賽羅一開始並不相信，但是狡猾的伊高，假裝著一片赤誠，一方面說很高興奧賽羅不會被流言所惑，另一方面卻又不著痕跡的說一些煽風點火的話，比方說，「哪一座莊嚴的宮殿，從來不曾被一些下賤的東西闖入呢？哪一個人的心胸能夠這樣純潔，從來不曾有過一些汙穢的念頭呢？」，又說「當初她跟您結婚，曾經騙過她的父親，還讓他以為您是用了妖術把她拐走，想想像她這樣小小年紀，居然有這樣的能耐，真是不簡單」，甚至說「當初多少跟她同國族、同膚色、同階級的人向她求婚，她都置之不理，這實在是有違常情，她該不會是後悔了吧……」

奧賽羅逐漸開始有些動搖了，而伊高還要假裝好心的提醒他，為了他好，為了他們夫妻幸福，在沒有確切證據之前，一定要相信夫人的清白，留心不要胡亂嫉妒，因為嫉妒「是一個綠眼的妖魔，誰做了它的犧牲，就要受它的玩弄」。

「我不會的，我不會在嫉妒裡消磨我的一生，在我沒有親眼看到以前，我絕不會隨便去猜疑的……」奧賽羅頓了一下，繼續說：「當我感到懷疑的時候，我就要想辦法去證實，如果真的有了確實的證據，我就一了百了，讓愛情和嫉妒同時毀滅！」

聽到奧賽羅這番話，伊高差點兒就要露出獰笑了，因為他知道奧賽羅已經上當，自己的計畫很快就要成功了。但是表面上，伊高仍然裝著一副非常恭謹的樣子，用誠懇得不能再誠懇的口氣說：「將軍，不要氣惱，我希望您就把我這番話當作是一種善意的提醒就好了，否則那就完全違背我的初衷，請您原諒我對您的過度忠心吧！」

從這個時候開始，奧賽羅就再沒有平靜的日子可過了。出於對伊高的信任，使奧賽羅疑心真實的情況一定是比伊高透露給他的還要嚴重得多。

奧賽羅本來就是一個在戀愛上不智而過於深情的人，同時也是一個不容易發生嫉妒，可是一旦被人煽動起來就會極度煩惱的人。他開始睜大眼睛想要仔細觀察黛絲狄蒙娜的言行舉止，可是在「疑心生暗鬼」的心理作用下，奧賽羅愈看就愈覺得那番流言是「無風不起浪」。就連黛絲狄蒙娜一個勁兒的纏著他，要他給卡西歐恢復原職，奧賽羅也非常不高興，更加認定他們之間的關係一定非比尋常，否則，她幹麼要這麼熱心啊！

但是，奧賽羅仍然深愛著黛絲狄蒙娜，在內心深處他也還是渴望這一切都只是誤會，或者乾脆他什麼都不知道就好了，因為，「被盜的人要是不知道偷兒盜去了他什麼東西，他就等於沒有被盜一樣」！

奧賽羅整天都在想著這些事，被這些亂七八糟的事情弄得頭昏腦脹，又心煩又困擾，現在他對什麼事都提不起勁，脾氣也變得很暴躁。

有一天，他一把揪住伊高，非常激動的質問道：「說！你是不是故意捏造謠言，毀壞我妻子的名譽？」

「將軍，為什麼您會這樣想呢？」說著，伊高故意哀嘆道：「唉，做老實人果然是一件危險的事，善意反而經常會被誤會和責怪，好吧，以後我再也不會對任何朋友奉獻我的真情了……」

奧賽羅痛苦的說：「我想我的妻子是貞潔的，可是又疑心

黛絲狄蒙娜感到奧賽羅對她的深情不再，因而在臨睡前，心事重重。英國畫家羅塞蒂的作品。

她不大貞潔；我想你是誠實的，可是又疑心你不大誠實……啊，我一定要得到一些證據！我再也忍受不了了！但願我能夠掃空這一塊疑團！」

「既然如此……」伊高終於使出了絕招，「今天我看見卡西歐拿一條非常精緻的手帕在抹他的鬍子，上面繡著草莓的花樣……」

「啊！」奧賽羅頓時臉色大變，如遭雷擊，揪住伊高的手也不知不覺的放鬆下來，「那是我第一次送給她的禮物啊！」

「您不妨問問夫人，說您想看看那塊手帕……」

「啊！這一切都是真的了！我知道這一切都是真的了！啊，我非要殺了她不可！他也一樣活不了！我希望那傢伙有四萬條生命！單單讓他死一次是發洩不了我的憤怒的！血！血！血！血！」

「將軍，不要這麼激動，想開一點，會過去的……」

奧賽羅衝回家，驚醒了睡夢中的黛絲狄蒙娜。他要求黛絲狄蒙娜拿出那條手帕，

奧賽羅看到床上的黛絲狄蒙娜，內心充滿痛苦的掙扎。英國畫家波迪爾（Josiah Boydell, 1752～1817）的畫作。

奧賽羅拿著刀衝回家，黛絲狄蒙娜已入睡。英國畫家葛拉罕（John Graham, 1754～1817）的畫作。

黛絲狄蒙娜拿不出來。她說手帕不知道什麼時候掉了，因為是丈夫送的禮物，她怕丈夫生氣，所以一直沒敢說。實際上，是伊高命令經常有機會在黛絲狄蒙娜身邊的妻子偷走的。

奧賽羅就這樣殺了清白無辜的黛絲狄蒙娜。他用被子活活的悶死了她。

可是，就在這時，渾身是血、身負重傷的卡西歐來了，很多人都來了。卡西歐一方面向奧賽羅道歉，一方面也質問奧賽羅，自己究竟哪裡得罪了奧賽羅？奧賽羅已經撤了他的職，不讓他恢復原職就算了，為什麼還要派伊高來殺他？

於此同時，伊高的妻子艾米利亞在得知黛絲狄蒙娜已死，又聽到奧賽羅宣布亡妻罪行的時候，良心不安，當眾大聲揭發伊高卑鄙的詭計。艾米利亞說，之前她並不知道丈夫要她偷黛絲狄蒙娜那條手帕的真正用意。

儘管伊高厲聲阻止艾米利亞說下去，同時也拚命否認，然而，艾米利亞對大家說：「照說他是我的丈夫，我應該服從他，可是現在我卻不能服從他，也許，伊高，我永遠不再回家了！」

艾米利亞也對奧賽羅說：「啊，我真傷心！你殺死了一個世間最溫柔純潔的人！殺人的傻瓜啊！像你這樣一個蠢才，怎麼配得上這麼好的一個妻子呢？」

「啊，傻瓜！傻瓜！傻瓜！」真相大白以後，奧賽羅為了自己的魯莽和愚蠢後悔

莫及，也悲痛莫名，當場就拔劍自刎，倒在黛絲狄蒙娜的身邊。

至於那個奸人伊高，最後當然也受到了嚴厲的制裁。

關於《奧賽羅》
手帕的悲劇

在莎士比亞所有的戲劇作品中，《奧賽羅》使用的演員算是非常精簡的一齣，但是每個角色的內心活動都相當豐富。在這齣展現陰謀與激情的悲劇故事裡，劇情是圍繞著「低賤的」摩爾人奧賽羅，以及「高貴的」黛絲狄蒙娜之間，莎士比亞用黑人來作為主角，在當時的戲劇界造成了一股震撼。儘管主人翁「奧賽羅」並不是非洲黑人，而是地中海棕色皮膚的摩爾人。

黛絲狄蒙娜對奧賽羅的愛情，超越了階級和種族的界線，然而遺憾的是，在惡人伊高的離間之下，奧賽羅被猜忌和嫉妒弄昏了頭，竟然產生妻子不忠的假象，因而親手把愛妻殺死，等到真相大白以後又悔恨莫名，拔劍自盡。

這個故事所展現「理性與激情」的矛盾，也是莎氏悲劇常用的一種基本結構。

此外，因為奧賽羅是因為一條手帕來判定妻子不忠，因此在戲劇界一直有很多人也把這齣戲劇稱為「手帕的悲劇」。

李爾王

不列顛國王（也就是英國）的國王李爾已經八十歲了，他有三個女兒，大女兒葛娜瑞和二女兒禮庚都已經出嫁，分別嫁給阿爾巴尼公爵和康威爾公爵，只有小女兒柯迪莉雅還沒有成親，不過應該也快了。最有希望、同時也最執著的兩位求婚者，現在正住在李爾王的皇宮裡。

這天，李爾王說有重要的事情要宣布，他把三個女兒和兩個女婿都叫到自己的面前。當時，肯特伯爵等幾個向來備受李爾王所倚重的朝臣也都在場。

李爾王看著大家，說：「我現在要向你們說說我的心事。來，把那個地圖給我……告訴你們吧，我年紀大了，決心要擺脫一切的俗事，把責任交給你們這些年輕人。阿爾巴尼和康威爾兩位賢婿，為了預防日後可能的紛爭，我現在就把要給幾個女兒的財產公布。法蘭西國王和勃根第公爵都在競爭我小女兒的愛情，為了求婚已經等待這麼久，現在也該得到答覆了。不過，孩子們，在我即將放棄我的統治權、我的領土，以及國事重任的時候，告訴我，妳們中間哪一個最愛我？我要看看誰對我的愛最值得獎賞，我就給她最大的恩惠。來，葛娜瑞，我的大女兒，妳先說。」

葛娜瑞開口道：「父親，我對您的愛，不是言語所能表達的。我愛您勝過愛我自己的眼睛，也勝過愛我的生命和自由……不，是超越一切可以估價的貴重或稀有的事物……不可能有一個女兒會這樣愛她的父親，也不可能有一個父親這樣被他的女兒愛過……」

葛娜瑞天花亂墜的說了一大堆，李爾王聽了很高興，就把國土的三分之一賜給了她和她的夫婿阿爾巴尼公爵，以及他們的後代。

「禮庚，我的二女兒，妳怎麼說？」

「啊，我跟姊姊是一樣的，您憑著她就可以判斷我，」禮庚說：「我覺得姊姊剛才所說的，正是我的感覺，不過好像又還說得不夠……我願意放棄所有敏銳的知覺所能感受到的一切快樂，只有您父王的愛才是我的幸福！」

李爾王聽了很滿意，於是也把國土的三分之一賜給她和康威爾公爵，以及他們的後代。

現在，輪到小公主柯迪莉雅了。可是，當李爾王問她要怎麼說的時候，柯迪莉雅卻說：「父親，我沒有話說。」

「沒有？」

「沒有。」

「那妳什麼也不能得到。我再給妳一次機會，說吧。」

「可是我不會把我的心事從嘴裡說出來；我愛您只是按照我的義務，一分不多，一分不少。」

柯迪莉雅的意思是，她深信自己的情感比自己的口才更豐富，她始終默默的愛著父親。但是，李爾王卻不能接受，生氣的說：「怎麼？柯迪莉雅，叫妳表達一下對父親的愛有這麼難嗎？虧我一向最疼愛妳！妳最好把妳的說詞修正一下，否則妳就要毀了妳自己的幸福！」

柯迪莉雅眼看父親動怒，卻仍然不願意說那些虛偽的假話。

「父親，您生我、養我、愛我，我理當回報，應該服從您、愛您、敬重您。可是，如果姊姊們都如她們所說的用整個心來愛您，那她們為什麼要出嫁呢？」

「這些都是妳的真心話嗎？」

「是的。」

「妳年紀輕輕就這樣沒良心嗎？」

「不，我年紀雖輕，心卻是忠實的。」

「好！那就讓妳所謂的忠實做妳的嫁妝吧！」李爾王大怒道：「憑著太陽神聖的

李爾王聽了小公主樸實無華的告白，怒氣沖天。英國畫家波迪爾的畫作。

光輝，憑著黑夜的神祕，憑著主宰人類生死的星球的運行，我在這裡宣布和妳斷絕一切關係！從今以後只把妳當作一個陌生人看待！」

這時，肯特伯爵急忙想要相勸，但是才一開口就被李爾王喝止。

「閉嘴！肯特！不要來犯龍的逆鱗！」李爾王怒氣沖天的說：「我本來最疼她，甚至期望在她的照料下終養天年。去！不要再讓我看見妳！來人啊，把法蘭西王叫來！也把勃根第叫來！快去啊！都是死人嗎？」

李爾王隨即又宣布：「阿爾巴尼和康威爾兩位賢婿，你們把我本來要給小女兒的第三份國土也都拿去分了吧！我把我的權力、至高無上的地位和君主的一切尊榮統統都給你們，就讓驕傲——她自己稱之是「坦白」的那個什麼鬼跟她去結婚吧！今後我只要保留一百名騎士，在你們那裡按月輪流居住，讓你們供養。我只保留國王的名義和尊號，所有行政大權、國庫收入和一切大小事務的處理，都完全交給你們。為了證實我的話，兩位賢婿，我現在就把這頂寶冠賜給你們，歸你們共享！」

說著，李爾王真的就把自己頭上所戴的皇冠拿了下來。

看到李爾王如此衝動，做出這麼不妥的處置，大家都覺得又納悶又不以為然，但是國王的火氣那麼大，也沒人敢說什麼。只有肯特伯爵，他向來是李爾王身邊一位難得的諫臣，現在更是非常盡責的想要讓國王收回這荒唐的決定。儘管李爾王還是叫他閉嘴，他也不顧一切的繼續規勸。

肯特伯爵正義凜然的說：「國王既然發了瘋，肯特也只好不顧禮貌了！當君主幹下愚蠢的事情，直言極諫就是光榮的。保留您的權力，仔細考慮一下，停止這個可怕而魯莽的舉措吧！我以生命來擔保我的斷言，您的小女兒並不是愛您最少的一個，微

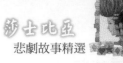

弱的聲音也並不反映空洞和虛情假意……」

「閉嘴！不要再說了！」李爾王再度咆哮，「肯特，你要是想活命，就趕快住嘴！」

「我的生命本來就是為了向您效忠。現在，為了您的安全，就算失去也在所不惜！」

「走開，不要讓我看見你！」

「看明白一點，李爾，還是讓我留在您的眼前吧。」

「憑著阿波羅起誓……」

「憑著阿波羅，國王，您向神明發誓也是沒用的，這並不能改變您是錯誤的事實。」

「啊，可惡的奴才！」李爾王用手按住佩劍，似乎想要拔劍。

阿爾巴尼公爵和康威爾公爵趕緊同聲大叫：「陛下請息怒！」

肯特伯爵還繼續說著：「趕快取消剛才的決定吧，否則只要我的喉舌尚在，我就要大聲疾呼，告訴您犯了大錯！」

李爾王簡直快氣炸了，當場就下令把這個多嘴該死的逆賊肯特放逐，永遠不讓他再踏進不列顛的土地一步！

肯特伯爵平靜的向大家一一道別。

他首先對小公主說：「善良的公主，神明會庇護妳的。」

然後對兩個大公主說：「願妳們今後能夠照自己剛才誇下的海口去做，讓愛的言辭變成事實。」

接著又對李爾王說：「再會吧，國王，您既然不知悔改，囚籠裡也不會有自由存在……」

「滾！快給我滾！」李爾王根本連聽都不要聽。

肯特伯爵被趕走以後，法蘭西國王和勃根第公爵被引到李爾王的面前。李爾王向他們宣布自己的決定，聲稱除了自己的憎惡他什麼也不會給柯迪莉雅，並且表示如果在這樣的情形下他們還要她，那就直接把她帶走吧，不過他奉勸兩位求婚者不妨放棄這個沒良心的姑娘，另外再去尋覓適合的伴侶。

勃根第公爵幾乎不怎麼考慮就退縮了。但

李爾王召來三個女兒，要求她們說出對他的愛有多深。當他聽到小女兒竟不願說出奉承的話語時，憤而要與她斷絕一切關係。畫面左邊是以諂媚話語分得王國的大姊、二姊，以及兩位女婿，四人都伸手觸向李爾王的皇冠。柯迪莉雅雖然得不到任何嫁妝，法蘭西國王仍然表明求婚的意願，至於勃根第公爵則退縮的站在後方。畫面左後方是已被李爾王驅逐的忠臣肯特伯爵。這是英國畫家布朗的名作。

是法蘭西國王的求婚意願仍然很堅定。

法蘭西國王說：「愛情要是摻雜了其他不相干的東西，那就不是真正的愛情。何況在我看來，她本身就是一個無價的財富！」

說著，法蘭西國王轉向柯迪莉雅，深情的說：「美麗的柯迪莉雅！妳因為貧窮，所以是最富有的；因為被遺棄，所以是最可貴的；因為遭輕視，所以最蒙我憐愛。我現在同時得到了妳和妳的美德。現在，妳是我的王后了，我全部財產的王后，法蘭西王國的王后！啊，不要難過，跟他們告別吧，雖然他們是這樣的無情，妳失去了故國，可是我保證妳會得到一個更好的家鄉！」

「走吧走吧，趕快把她帶走！」李爾王不耐的說：「我沒有這樣的女兒！我再也不要看到她！」

說罷，李爾王就頭也不回的走了。

兩個大公主也毫不猶豫的跟著就要走。柯迪莉雅含淚叫住她們，「再會了，兩位

姊姊，請善待我們的父親……」

心地仁厚的她不是不知道兩個姊姊到底是怎樣的人，只是看在姊妹的情分上，不願意多說罷了。

不過，兩個姊姊當然是不會買帳的。二姊禮庚撇著嘴不屑道：「哼！用不著妳來教訓我們該怎樣盡責。」大姊葛娜瑞也說：「妳還是去小心伺候妳的丈夫吧！妳自己不願順從，今天空手而去也是活該，多虧還有人願意收留妳，願意娶妳，妳該感恩了！」

受到這番奚落，柯迪莉雅並沒動怒，只是平靜的說：「時間將會顯示奸詐所包藏的是什麼。戴著虛假面具的人，終究免不了會露出馬腳的。」

如果說為人父母不免昏庸愚昧（特別是在上了年紀以後），對兒女的人格高下判斷失誤，以至於寵信居心不良的，卻驅離良善的，那麼李爾王絕不是唯一的一個。李爾王的朝臣——葛羅斯特伯爵也犯了和李爾王一樣的錯誤。

葛羅斯特伯爵有兩個兒子，一個叫作艾德嘉，一個叫作愛德蒙，兩人只相差一歲。愛德蒙是葛羅斯特伯爵的私生子，所以在法律上並不具備合法的地位。

為了自己是「庶出」的身分，愛德蒙總感到忿忿不平，他認為自己的外貌和才智一點也不輸哥哥艾德嘉，憑什麼要讓世人對私生子的挑剔而剝奪了他的權益？這絕對不行！

愛德蒙想了一系列的詭計，計畫要先讓父親完全喪失對哥哥的喜愛和信任，繼而再把哥哥應得的所謂合法權益統統都搶過來！這並不難，因為父親原本就明顯比較偏愛他，在愛德蒙的花言巧語以及費盡心機的情況下，再加上父親本來就對任何人太過輕信，而哥哥又天性忠厚，愛德蒙盤算著，要對付這兩個人實在是太簡單啦！他下定

決心，要憑著智謀得到父親全部的產業！而且，他認為只要能達到目的，一切手段對他來說都是合適的。

愛德蒙首先採取的手段是栽贓。他模仿哥哥的筆跡，假裝哥哥寫了一封信給自己。這封信對父親頗多抱怨，認為兒子成年以後，要是父親已經衰老，就應該把財產交出來，受兒子的監護。接著，惡毒的愛德蒙再假裝是不經意的讓父親看到這封信，甚至當父親要看這封信時，他還裝出很不情願的樣子，直到父親再三催促才勉為其難的拿出來，這麼一來就可以讓父親認為自己是個厚道之人。

「……這種尊敬老年人的政策，使我們在人生的年華只嘗到世界的苦味……我愈來愈覺得，老年人的專制壓迫實在是一種愚蠢的束縛，他們支配我們並非因為他們有權力，而是因為我們容忍他們這樣做……」

當葛羅斯特伯爵讀完這封信，想到艾德嘉居然會有這種念頭，真是氣壞了！然後，葛羅斯特伯爵做了一個非常愚蠢的舉措——他要求愛德蒙去調查哥哥艾德嘉！

葛羅斯特伯爵也談到了星象，「怪不得！我就知道近日的日蝕和月蝕都不是好兆頭，雖然自然科學可以對它們做這樣那樣的解釋，可是我認為這都是大自然對於即將接踵而來的連串禍害的預兆！這暗示了愛情冷卻、友誼疏遠、兄弟分裂、城市發生暴動、國家發生內亂、宮廷發生叛逆、父子關係崩裂，你看王上突然把他的權力全部交出，打算從今以後要靠兩個女兒過活。法王盛怒而去、忠誠的肯特伯爵被放逐，這些事都在匆促之間發生，真是不可思議！現在，我們家也出了一個逆子！唉！我們最好的日子已經過去，現在只有陰謀、詐欺、叛逆、紛亂，追隨我們不安的走向墳墓……」

愛德蒙假裝非常恭謹又很有耐心的聆聽父親這些絮絮叨叨的議論，還頻頻點頭表示贊同，實際上在他心裡對這些星象之說並不以為然。

「哼，這真是現世愚蠢的時尚，」愛德蒙嗤之以鼻的想著：「當我們命運不濟的時候就把災禍歸罪於日月星辰，好像我們做惡人是命中注定，做傻瓜也是出於上天的

旨意，好像無論我們做什麼都是因為有一種超自然的力量在驅策我們，實際上還不都是我們自己所決定的啊！」

肯特伯爵雖然遭到了不公平的對待，但是對李爾王並不記恨，還是一片忠心，因此儘管被放逐，過沒多久還是冒著生命危險，他喬裝打扮甚至改變口音，悄悄的潛到大公主葛娜瑞和阿爾巴尼公爵的莊園，找到李爾王，表示想要向他討一個差事。

「你認識我嗎？」李爾王問。

「不，不認識。大人，可是在您的神氣之間有一種什麼東西，使我願意叫您主人。」

「是什麼東西？」

「權威。」

「你會做些什麼？」

「我會保守正當的祕密，我會騎馬，我會跑路，我會把一個複雜的故事講得明白，而把一個明白的口信傳得直截了當；凡是普通人適於做的事情，我都能做，我最大的好處是勤快。」

李爾王把眼前這個人打量了一下，又問：「你多大年紀了？」

「大人，說年輕我不算年輕，我不會為了一個女人能唱幾句歌就害相思，但是說我年老我也不算年老，我不會糊里糊塗的溺愛一個女人。我已經活過四十八個年頭了。」

李爾王收下了肯特，讓他跟在自己身邊。不管怎麼說，至少李爾王覺得這個傢伙對自己恭恭敬敬，看得順眼。

說到「恭敬」，才來這裡住沒多久，李爾王就已感覺到這似乎是個愈來愈稀罕的

東西了。

這天，李爾王打獵回來，發現沒有人出來迎接他，心裡很不高興，便大呼小叫起來：「喂！飯呢？拿飯來！我的跟班呢？我的弄臣呢？去把我的弄臣叫來！」

「弄臣」是英國宮廷裡的小丑，經常跟在國王身邊，講些逗趣的話為國王解悶。

李爾王叫嚷了一會兒，總算看到了葛娜瑞的管家奧斯華德。

「喂，喂！我的女兒呢？」

奧斯華德只看李爾王一眼，說了一句「對不起」，馬上就像見了瘟神一樣匆匆忙忙的走了。

「喂！我在跟你說話！你要去哪裡！」

李爾王叫不回奧斯華德，馬上轉身交代自己的一個騎士：「去！去把那個狗東西給我叫回來！」

不久，騎士回來了。「他說您的女兒身體不舒服。」

其實，李爾王一時還顧不上質問女兒為什麼不出來迎接，他還在為奧斯華德方才的無禮而震怒，「剛才我叫他的時候，那個奴才為什麼不回來？」

「陛下——他非常放肆，他說他不高興回來。」

「什麼？他不高興回來？」

「是的，陛下……，我不知道是為了什麼緣故，照我看來，他們……包括公爵和您的女兒……好像對您冷淡得多了。」

「你好大的膽子！」李爾王怒喝。

「陛下，要是我弄錯了，請您原諒我，可是當我覺得有人對不起陛下的時候，我責任所在，不能閉口不言。」

「……哎，其實你不過是提醒我一件我也已經感覺到的事，我總以為是自己多心，不肯相信他們是有意怠慢……我的弄臣呢？這兩天我都沒有見到他。」

「陛下，自從小公主到法國去了以後，他就消瘦多了。」

「別再提這件事了。去，你去跟我女兒說，我要跟她說話。」

實際上，阿爾巴尼公爵是還好，葛娜瑞倒真的是有意怠慢父親，甚至交代僕人不必多去搭理李爾王。剛才明明知道父親就快打獵回來了，葛娜瑞還跟管家奧斯華德說，叫大家都對李爾王擺出一副愛理不理的態度。她就是要故意的氣李爾王，想要製造一個事端，好當面把她的不滿都對父親說出來，倘若父親惱了，要搬到妹妹禮庚那裡去住那更好。

葛娜瑞甚至還對自己的管家說：「這老廢物已經放棄了權威，卻還想管這管那！憑我的生命發誓，當年老的傻瓜回復成了嬰孩，如果只是一味的姑息哄騙和縱容，只會壞了他的脾氣，我們得阻止他！」

在騎士去請大公主的時候，奧斯華德又經過附近。他對老國王簡直就是視而不見，完全拿他當空氣。

李爾王一看到奧斯華德就火了，大吼道：「喂！你！對，就是你！你過來！」

奧斯華德不情不願的走過來。

「你知道我是什麼人？」李爾王十分威嚴。

沒想到，奧斯華德卻回答：「知道，是我們夫人的父親。」

「什麼？你們夫人的父親！好大膽的狗！」李爾王揮拳就想把奧斯華德痛打一頓！

奧斯華德慌忙閃躲，「大人！我不是狗！你也不能打我！」

這時，肯特從後面冷不防的一腳把奧斯華德絆倒，生氣的說：「也不能絆你嗎？你這個下賤的東西！」

看到奧斯華德剛才竟然對國王如此無禮，肯特也非常憤怒。

不用說，李爾王的心裡則是感到些許的暖意，就連剛剛才被找來同時也看到這一幕的弄臣，也拍著手對肯特大讚：「好耶好耶，難得難得，你幫了一個失勢的人！他把其他的尊號都送給了別人，只剩下名字還是他的……」

弄臣還瘋瘋癲癲的唱起歌來：

這年頭啊傻瓜已不吃香，
聰明人個個變成了蠢豬，
頂著個腦袋沒有思想，
做起事來稀里糊塗。

「你幾時會唱這麼多歌？」李爾王表面上勉強擺出若無其事的樣子，心裡可有一種被刺痛的感覺。

偏偏弄臣還要說：「老伯伯，自從你把你的兩個女兒當成了媽，我就開始常常唱歌了。」

「你！小心我抽你！」

「是真的呀，您應該等世故一點以後再老呀！您把您的聰明兩邊削去，削得中間什麼也不剩了……瞧，其中一個削片來了。」

弄臣所指的當然是葛娜瑞。

一看到葛娜瑞臭著臉過來，李爾王就很不舒服。「怎麼，女兒！妳臉上陰沉沉的是什麼意思？我看妳最近怎麼老是皺眉頭……」

弄臣接口道：「從前你是一個好漢，用不著管她皺不皺眉頭，現在你是孤單單的一個人，還比不上我呢，我是個弄臣，你什麼也不是……」

「閉嘴！」葛娜瑞大吼一聲，然後就對李爾王開始一迭聲的抱怨起來，「父親，您這個肆無忌憚的弄臣老是惹我生氣，您那些無禮的衛士也三天兩頭的尋事吵架，實在是教人忍無可忍……」

葛娜瑞的抱怨沒完沒了，弄臣又開始唱起歌來了：

那籬雀餵大了杜鵑鳥，
自己的頭也被牠咬掉。
蠟燭熄了，
我們眼前只有一片黑暗……

「妳是我的女兒嗎？」李爾王沒頭沒腦的問。

葛娜瑞板著臉說：「您不是一個不懂道理的人，我希望您明智一點，改改脾氣……」

弄臣還在火上加油，「什麼時候馬兒會倒過來被車子拖著走呀……」

李爾王說：「這兒有誰認識我嗎？站在這裡的不是李爾。李爾是這樣走路、這樣說話的嗎？他的眼睛到哪裡去了？誰能告訴我，我是誰？」

「我知道我知道！」弄臣搶著說：「你是李爾的影子。」

李爾王說：「我得弄清楚這一點。因為從權力、知識和理性的標記來看，我都不能相信我是一個有女兒的人。」

弄臣說：「那些女兒會教你怎麼樣做一個順從的父親。」

李爾王突然對葛娜瑞說：「女士，請教妳的芳名？」

葛娜瑞很不高興的說：「父親，您別這樣裝瘋賣傻的胡鬧，我請您好好理解我要說的話，既然您是一個有年紀的老人家，就該明智一點。您在這裡養了一百個侍衛，全都是些胡鬧放蕩、膽大妄為的傢伙，我的宮廷被他們弄得像是一個喧鬧的客店……」

李爾王聽了半天，總算聽清楚了，原來葛娜瑞要裁撤掉他五十個侍衛！

「什麼！」李爾王又驚又怒，「我在這裡不過才住了半個月，妳就要把我的侍衛一下子裁掉一半？」

這時，阿爾巴尼公爵剛巧也過來了，李爾王馬上衝著大女婿怒吼：「阿爾巴尼！

你來得正好！我問你，這是不是你的意思？你也這麼忘恩負義嗎？」

阿爾巴尼公爵一頭霧水，「陛下，我是無辜的，我不知道發生了什麼事讓您這麼激動。」

「唉！現在後悔也來不及了！」李爾王轉身對身邊的騎士下令：「替我備馬！召集我的侍衛！我們走！」

然後，李爾王痛罵葛娜瑞，「妳這個鐵石心腸的鬼怪，不麻煩妳了，我還有一個女兒呢！我相信她是孝順我的，若她知道妳這樣對待我，一定會用指甲抓破妳那豺狼一樣的面孔！……」

李爾王又用了很多狠毒的字眼詛咒這個讓他傷心的大女兒，同時也責備自己，當初小女兒柯迪莉雅就算是犯了什麼錯，那也是多麼微不足道的過錯啊！他想不通為什麼當時他會覺得那麼無法忍受，以至於鑄下了不可挽回的大錯！李爾王後悔莫及，還充滿惱恨的用力擊打自己的腦袋，因為這是「一扇放進了愚蠢，同時也放出了智慧的門」。最後，李爾王率領自己的人馬，非常憤慨的走了。

李爾王剛走，葛娜瑞就一臉怒容的問丈夫：「你聽見沒有？這老東西居然這樣詛咒我！」

阿爾巴尼公爵為難的說：「葛娜瑞，雖然我十分愛妳，但是做人要講公道……」

「好了好了，你不要再說了！」葛娜瑞不耐的打斷。她聽都不要聽。

葛娜瑞一轉身，看到弄臣，立刻又拉高嗓門大怒道：「你怎麼還在這裡？你這個七分奸刁、三分傻氣的鬼東西，還不趕快跟你的主人一起給我滾！」

「是！我滾！馬上滾！」說著，弄臣就怪模怪樣的去追李爾王，還一直嚷嚷著：「老伯伯呀，等等我，幹麼走這麼快呀？急什麼呀，其實你那個女兒跟這一個就像兩個蘋果一樣，沒什麼差別呀！」

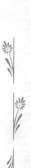

弄臣說的話，很快就成為事實了。

在即將抵達二女兒禮庚以及二女婿康威爾公爵的莊園之前，李爾王派肯特先送一封信過去。萬萬沒有想到，當他到了莊園以後，非但女兒女婿沒有出來迎接，反而看到肯特被戴上了足枷銬在外頭。

「是誰把你鎖在這裡？」李爾王厲聲問道。

「您的女兒和女婿。」

「不可能！他們不知道你是我派來的嗎？快告訴我，你究竟犯了什麼罪，竟會讓他們用這樣的刑罰來對待我的使者？」

對國王的使者實施這樣的刑罰，等於是對國王本人莫大的羞辱！

肯特說，當他來到這裡，才剛把信交上去，大公主的管家奧斯華德也正好氣喘吁吁的帶著一封信趕到，結果二公主和康威爾公爵就放下肯特送來的信，先去讀大公主的信，而且讀完信以後，就連忙召集僕從，把肯特趕到一邊。受到冷遇的肯特，心裡很氣，想要教訓一下奧斯華德，奧斯華德大聲尖叫，驚動了所有的人，接下來他們就把他銬起來了。肯特還說，就算他大聲抗議，警告他們不可以這樣對待國王的使者，他們也毫不理會。

李爾王簡直快氣炸了，怒喝道：「反了！反了！快去叫他們出來！就說國王要對康威爾說話！父親要對女兒說話！憑我的呼吸和血液起誓，我現在就要跟他們說話！叫他們現在就出來見我，否則我就要在他們的寢室門前擂鼓，直到把他們吵死為止！」

過了好一會兒，康威爾公爵夫婦總算是慢吞吞的來了。但是，李爾王還來不及說什麼，禮庚居然就用責備的口吻說，她相信事情弄到這個地步，八成是父親不知道怎樣珍惜大姊的好處，而不是大姊有什麼不對。她勸父親還是回到大姊那裡，對大姊賠個不是。

「求她原諒嗎？」李爾王瞪著眼問道：「妳看是不是應該像這個樣子——『好女兒，我承認我已經老了，不中用啦』，讓我跪在地上……」

說著，李爾王竟然真的跪了下來，「『求您賞給我一口飯吃、賞給我衣服穿，再賞給我一張床睡吧！』是不是應該這樣呢？」

「啊，父親，別這樣，這真是胡鬧，這多難看！快回到大姊那裡去吧！」禮庚露出一臉的嫌惡。

李爾王站了起來，堅定的說：「我絕不回去！」

他控訴葛娜瑞是怎樣的不尊重他，居然要裁撤他一半的侍衛。

然而，禮庚卻回應：「您要那麼多的侍衛幹麼？有這個必要嗎？您還是先回到大姊那裡去吧，等住滿一個月再到我這裡來，我現在還沒準備好要接待您，而且到時候請您只帶二十五個侍衛來，要是超過這個數目，恕我無法招待了。」

「我只能帶二十五個人到妳這裡？禮庚，剛才妳是這麼說的嗎？」

禮庚回答道：「父親，我可以再說一遍，到我這裡來不能再多了。真是的，您要那麼多的侍衛，到底有什麼必要嘛！」

說著說著，葛娜瑞也來了，她跟妹妹禮庚一起異口同聲的抱怨父親帶太多的侍衛。

李爾王幾乎不敢相信自己的耳朵。

「我把一切都給了妳們……」他的聲音有點兒顫抖了。

禮庚滿不在乎的說：「您給得很是時候呀！」

「我讓妳們做我的代理人和保管者，我唯一的條件，只是讓我保留這麼多的侍衛……」

一個國王，畢竟應該有些符合身分的排場呀。

「啊，不要講什麼必不必要或是需不需要，就算是最下賤的乞丐，也有他最不值

錢的多餘之物。妳是一位夫人，如果穿衣服的目的只是為了保暖，妳也不需要穿這麼華麗的衣服啊……」

說到這裡，李爾王停頓下來，然後沉痛的對天呼求：「天啊！給我忍耐，我需要忍耐！神啊，你們看見我在這裡，一個可憐的老頭子，充滿了憂傷和老邁，被兩者折磨得好苦！……妳們這兩個違反天性的妖婦，我要復仇！……妳們以為我要哭？不，我不會哭，儘管我有大哭的理由。我的心已碎成千萬片，但不會流下一滴眼淚！啊，弄臣呢？我的弄臣呢？我要發瘋了！……」

李爾王這麼痛苦，被他指責的人卻一個個都毫不在意，甚至還顯得相當不耐煩。

康威爾公爵說：「我們進去吧，好像就快有暴風雨了。」

禮庚說：「我們這裡地方不夠大，要是這老頭子想把他的人統統帶進來是容納不下的。說真的，如果只有他一個人，我倒也很願意收留他，可是他那班隨從，我一個也不願接納。」

「我也是這個意思，」葛娜瑞說：「都怪他自己不好，放著安逸的日子不過，一定要吃些苦頭才會知道自己有多蠢！」

他們就這樣若無其事的自顧自的回到屋子裡。稍後，僕人進來通報說國王走了，儘管明知外面天色已暗，狂風大作，附近數里之內幾乎連一棵樹也沒有，但這幾個狠心的晚輩也毫不動容。禮庚甚至說：「隨他去吧，對於那些剛愎自用的人，就是得由他們自己所招致的災禍來教訓他們！」

接踵而至的打擊似乎真的讓李爾王崩潰瘋狂，他竟然在荒野上淋著雨，大聲吼叫，一方面揚言要跟暴風雨搏鬥，一方面也不斷厲聲詛咒那些忘恩負義的傢伙，希望他們統統都被雷電劈死！

這時，在這個可憐老國王的身邊已經沒有什麼跟隨者了，只剩下忠心耿耿的肯特，以及那個裝瘋賣傻的弄臣。

好不容易發現了一個破茅屋，肯特請求國王不要再留在荒野中，趕快進去避一避，因為像這樣風狂雨驟的黑夜，是誰也承受不了的，可是國王說什麼也不肯。

李爾王說：「你以為這樣的狂風暴雨有什麼大不了的嗎？我們心緒寧靜的時候，肉體是敏感的，可是現在我心中的暴風雨已經使我失去了一切的知覺，只剩下心中的打擊！啊，兒女的忘恩，這不就像是用手把食物送進嘴裡，可是嘴卻反過來咬了這手一樣嗎？」

「陛下，進去吧。」

「不，你要舒服，就自己進去吧……」

李爾王再轉身對弄臣說：「進去，孩子，你進去吧……啊，可憐的不幸的人們啊，無論你們在什麼地方忍受著這樣無情風暴的襲擊，你們的頭上沒有片瓦遮身，你們的腹中飢腸轆轆，你們的衣服千瘡百孔，怎麼抵擋得了這樣的天氣呢？啊！我一向太不關心這些事情了……安享榮華的人們啊，想辦法感受一下這些不幸人們的感受吧，這樣你們才會分一些多餘的東西給他們，顯示上天還是公正的吧！……」

如果說這場暴風雨原本是上天要給李爾王的第三個打擊（頭兩個打擊當然分別是葛娜瑞和禮庚所給他的），但是現在李爾王的心靈卻反而因此淨化了；在過去幾十年那麼長的歲月裡，他很少會想到他的百姓，特別是很少會想到那些生活困苦的百姓。

弄臣才剛走進破茅屋，很快就被嚇得跑出來，驚慌失措的大叫：「鬼呀！鬼呀！」

肯特壯起膽子進去查看。原來，在破茅屋的角落裡有個披頭散髮、髒兮兮、臭兮兮的傢伙蹲在那裡，乍看真的像個鬼一樣，但他當然不是鬼，只是一個發瘋的乞丐。

這個乞丐不斷的搖頭晃腦，念念有詞，但是語音模糊，聽不清他到底在說什麼，只好像聽到他說自己叫作湯姆，還一直叫自己「可憐的湯姆」，說湯姆什麼也沒有，只有惡魔跟在他的背後……

李爾王苦笑道：「你一定也是把一切都給了兩個女兒，才會落到今天這個下場吧！」

其實，這個「湯姆」並不是真的瘋子，而是裝瘋，為的是要躲避父親和弟弟的追殺。原來，他就是葛羅斯特伯爵那個忠厚老實的大兒子艾德嘉。陰險狡詐的愛德蒙誣陷哥哥要暗殺父親，而葛羅斯特伯爵竟然就相信了，於是，愛德蒙就這麼輕鬆的奪走了哥哥合法的繼承權益，還把哥哥艾德嘉逼得走投無路，只得裝瘋躲在荒野，靠著一些好心村民的救濟來過活。

葛羅斯特伯爵在處理家事上很不明智，但是在面對國事上還是相當忠於老國王的。當康威爾公爵夫婦悍然下令要把國王的信使戴上足枷的時候，他也在場，曾經拚命試圖阻止，但是根本沒用。後來，他看到老國王被女兒女婿那麼無情的對待，尤其是眼看暴風雨就要來了，康威爾公爵夫婦竟然忍心把老父留在外面，葛羅斯特伯爵的心裡非常難過，便打定主意就算會得罪公爵夫婦也不管了，於是他就冒雨趕到荒野來尋找李爾王。

當葛羅斯特伯爵在破茅屋裡看到渾身溼透、狼狽不堪的李爾王，竟然和一個瘋子待在一起的時候，吃了一驚道：「天啊！陛下竟然會跟這樣的人作伴？」

葛羅斯特伯爵哪裡會想得到，眼前這個瘋子竟然就是自己的兒子。

「唉，陛下，真是可嘆啊，我們的親生骨肉都變得那麼壞，把自己的父親當作了仇敵……」葛羅斯特伯爵對老國王悲慘的際遇似乎也感同身受。

「湯姆好冷！湯姆好冷！湯姆好冷！」那個瘋子突然大喊大叫起來。

葛羅斯特伯爵被吵得沒辦法再說下去，只好簡短向李爾王表示：「我的良心和責任感不允許我全然服從您兩個女兒無情的命令，雖然她們叫我關上大門，把您丟在這狂暴的黑夜中，可是我還是冒險出來找您，走吧，我帶您到有火也有食物的地方去。」

葛羅斯特伯爵因為錯誤的過分信任庶子愛德蒙，很快就嘗到了惡果。

當愛德蒙從父親嘴裡得知遠在法國的小公主柯迪莉雅為了解救李爾王，而興兵來打不列顛的時候，儘管父親交代過這是最高機密，愛德蒙還是毫不猶豫的轉身就跑去向康威爾公爵告密。愛德蒙表面上是打著「愛國」的旗幟，但是他告發葛羅斯特伯爵通敵，實際上也是賣父求榮；當然，對於這一點，愛德蒙絲毫沒有良心上的負擔（因為他根本沒有良心），相反的他很高興有這個機會可以去邀功領賞，他甚至振振有辭的想著：「老的一代沒落了，年輕的一代才會興起。」

康威爾公爵夫婦把葛羅斯特伯爵抓起來，無情的拷打，不僅因為他「通敵」，也因為他竟敢瞞著他們把老國王送到多佛；對於在不列顛境內已無依無靠的李爾王來

李爾王的身心備受打擊，只有小女兒柯迪莉雅依然對他伸出關懷的手。這是英國畫家布朗的作品。

說，那是一個難得的安全處所。

葛羅斯特伯爵被康威爾公爵夫婦殘忍的挖去雙眼後，就被趕了出去，任他自生自滅。

葛羅斯特伯爵不想活了，在荒郊野外，他先碰到一個老人，又碰到一個瘋子，葛羅斯特伯爵要求他們帶他去懸崖邊跳崖，老人不肯，瘋子倒肯，於是，那個瘋子就扶著面目全非的葛羅斯特伯爵緩緩向前。當老人提醒葛羅斯特伯爵，攙著他的是一個瘋子的時候，葛羅斯特伯爵並不覺得有什麼不妥，因為「瘋子帶領瞎子走路，本來就是這個時代的病態」！

這個瘋子正是艾德嘉。為人仁厚的他當然沒有真的帶父親去跳崖，反而是不計前嫌的照顧他。

同樣的，法國王后——也就是小公主柯迪莉雅，得知父親悲慘的遭遇以後，仍是不計前嫌的想要保護老父，並且為父親主持公道。然而，「法國向英國進攻」這件事畢竟茲事體大，並不能獲得英國人民的支持。比方說，阿爾巴尼公爵儘管對於妻子葛娜瑞的不孝很不以為然，也曾斥責過妻子：「一個人要是看輕了自己的根本，將不能守住他安全的本分；一棵樹如果砍了枝幹、斷了生命的汁液，一定會枯萎，最後讓人當作枯柴付之一炬」。但是，面對法軍的進犯，阿爾巴尼公爵還是義無反顧的率兵抵抗，英勇的保衛自

〈監獄中的李爾王和柯迪莉雅〉，英國畫家布雷克（William Blake, 1757～1827）畫出李爾王對自己的小女兒感到深深的悔意。

己的家園。

戰爭結束後，法軍戰敗，柯迪莉雅被俘下獄，死於獄中。不過，柯迪莉雅並沒有什麼怨恨，因為她知道，「存心善良結果反而得到惡報，這樣的先例是很多的」，更何況她總算能再見到父親一面。本來，李爾王在柯迪莉

〈李爾王慟哭柯迪莉雅之死〉（局部）。拜利的畫作表現出李爾王對小公主的死亡，流露了內心巨大的傷痛與悔恨。

雅的親情撫慰下，神智已經慢慢回復清醒，然而，柯迪莉雅一死，等於也加速了李爾王的死亡。李爾王悲痛欲絕的說：「只要她沒有死，只要她還有活命，那麼我所感受過的一切悲哀就還有機會得到補救……」

聽得周圍的人都鼻酸不已。

不過，那些惡人也都沒有好下場：康威爾公爵在凌虐葛羅斯特伯爵的時候，被一個有正義感的僕從所殺；禮庚被親姊姊葛娜瑞毒死，因為這兩個惡婦竟然同時都是愛德蒙的情婦，當康威爾公爵一死，葛娜瑞嫉妒禮庚即將名正言順的以「寡婦再嫁」的名義搶走情郎，於是就先下手為強；但是在毒死了妹妹以後，葛娜瑞也因無路可走而自殺；而那個喪盡天良的愛德蒙最後則是在與哥哥艾德嘉的決鬥中，死於哥哥之手。

李爾王死了，他的三個女兒都死了，忠心耿耿的臣子肯特也因操勞過度而死了。肯特生前雖然曾經告訴過老國王，他就是遭到放逐的肯特伯爵，但是精神恍惚的李爾王怎麼也沒辦法想像、更沒辦法相信「肯特伯爵」和這段時間待在他身邊跑腿的僕人會是同一個人。

李爾王死後，阿爾巴尼公爵升任為不列顛的國王。

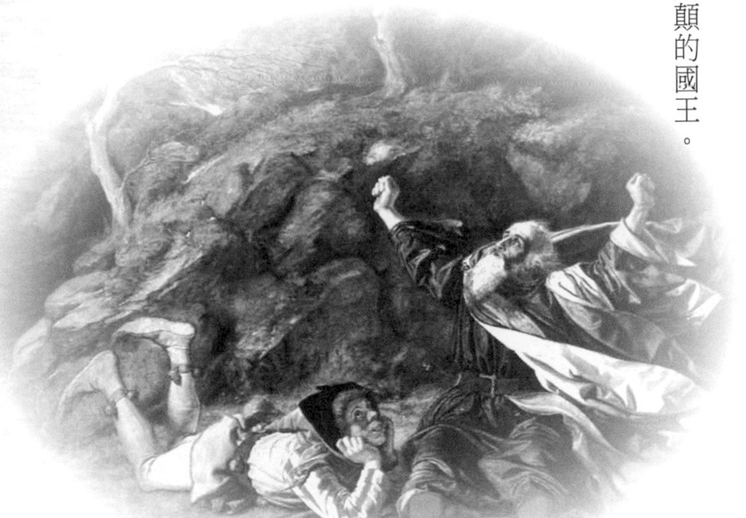

關於《李爾王》

感情用事的代價

這個故事的情節其實相當複雜，主線是李爾王和他的三個女兒，副線則是葛羅斯特伯爵和他的兩個兒子。兩個父親都有同樣的毛病，都喜歡聽好聽的話，對於「善」與「惡」都缺乏判斷力，所以誤把好子女當成是壞的，誤把壞子女當作依靠，因此最後都為自己招致了不幸。葛羅斯特伯爵後來被壞人挖掉雙眼的情節，真可說是「有眼無珠」的一種諷刺。

有人說，《哈姆雷特》是一部理智的悲劇，《李爾王》則是一部感情的悲劇，因為在《李爾王》中，主人翁一開始只為了小女兒不肯花言巧語而暴怒，就是非常感情用事的。

《李爾王》是莎士比亞在一六〇五年完成的作品，屬於他比較晚期的作品，由於全劇瀰漫著虛無主義的味道，因此一開始並不怎麼受到歡迎，但是到了二十世紀，大多數的評論家都認為《李爾王》是莎士比亞最偉大的悲劇。莎士比亞藉由敘述李爾王的故事，生動的反映了當時的社會生活問題，當然這也加深了作品的悲劇性。

馬克白

這個故事是發生在蘇格蘭。

蘇格蘭國王鄧肯王是一位仁君，頗受臣民的敬愛。馬克白和彭歌是兩位深受鄧肯王倚重的將軍。其中，馬克白還是鄧肯王的表弟。

這兩個人都是既英勇又很有智謀，最近聯手打敗了一支叛軍，

〈馬克白和彭歌在荒原上遇到三個女巫〉。法國畫家夏塞里奧畫出他們相遇的這一幕。

這支叛軍的人數相當多，還受到挪威軍隊的幫助，來勢洶洶，一時造成朝廷很大的壓力。所以，當捷報傳來，大家得知叛軍已被馬克白和彭歌擊潰的時候都非常高興，鄧肯王更是對馬克白盛讚道：「啊，英勇的表弟！了不起的壯士！」

就在兩位將軍凱旋歸來，途經一個荒原的時候，碰到了一件怪事。有三個奇怪的人擋住了他們的去路，這三個人的模樣十分枯瘦，穿著古怪的服裝，看起來明明像是女人，可是竟然又都留著鬍子。

這是女巫三姊妹。她們擋住了道路，還同時把滿是皺紋的手指按在乾枯的嘴脣上。

馬克白問道：「妳們能講話嗎？如果能夠講話，告訴我們妳們是什麼人？」

這時，驚人的事發生了。

第一個女巫對馬克白請安道：「萬福，馬克白！祝福你，葛來密斯爵士！」

馬克白還來不及問「妳怎麼會認識我？」，第二個女巫又對著他說：「萬福，馬

克白！祝福你，考特爵士！」

這更奇怪了，因為考特爵士是另有其人，按分量還在馬克白之上。儘管這次考特爵士聯合了挪威軍隊發動叛變，但是在鄧肯王還沒撤銷他的爵位之前，他仍然是考特爵士。「考特爵士」怎麼會是馬克白呢？

但是，還不等馬克白說出「妳搞錯了」，第三個女巫竟然用更令人震驚的稱呼來向馬克白致意。這個女巫說：「萬福，馬克白！祝福你，未來的君王！」

「什麼？」馬克白一聽就愣住了。

這時，彭歌用開玩笑的口氣問道：「喂，那我呢？」

三個女巫看著彭歌，一本正經的開口了。

第一個女巫說：「雖然比馬克白低微，可是你的地位在他之上。」

第二個女巫說：「雖然不像馬克白那樣幸運，可是你比他更有福。」

第三個女巫說：「雖然你不是君王，可是你的子孫將要君臨一國。」

說完，三個女巫的形體就愈來愈模糊，然後慢慢的消失了。

「喂，喂！妳們去哪裡？」馬克白想要叫住她們，「把話說清楚呀！」

彭歌卻根本毫不在意，「算啦，隨她們去吧，反正都是一派胡言。」

是啊，馬克白也知道，確實是一派胡言，儘管自己是國王的表弟，但是國王健在，又還有兩個兒子，王位怎麼可能會輪到他的頭上呢？

就在這時，鄧肯王的使者前來迎接他們，並且宣布由於考特爵士叛國，已被判處死刑，鄧肯王已經把他的爵位移贈給馬克白。也就是說，第二個女巫在馬克白還不知道自己已經成了「考特爵士」的時候，就已經這樣來稱呼他了。

馬克白不禁想到第三個女巫對他的稱呼，那麼……是不是也會變成真實？……怎麼變成真實呢？……除非……

就在這個時候，一個邪惡的念頭不知不覺的從馬克白的心中緩緩升起……

馬克白的妻子是一個狠角色，她得知女巫那離奇的預言之後，特別是在得知丈夫已經身兼葛來密斯和考特兩個顯爵以後，便毫不懷疑丈夫未來必定能獲得那不可思議的高位。但是，她卻為馬克白的天性所憂慮。她是這樣分析馬克白——

「他的天性中充滿了太多人情的乳臭，使他不敢採取最近的捷徑；他希望做一個偉大的人物，他也不是沒有野心，可是卻缺少和那種野心相稱的奸惡；他的欲望很大，卻又希望只用正當的手段；不願玩弄機詐，卻想做非分的掠奪；不缺少為達目的不擇手段的堅決，可是又寧願中途住手也不願事後追悔。」

於是，馬克白夫人決定要協助丈夫完成這番大業！

他們的機會很快就來了。這天，鄧肯王為了表示對馬克白的看重，特地帶著兩個兒子馬爾康及唐納本到馬克白的城堡。馬克白夫妻倆就暗中計畫要幹一件驚天動地的血案——他們預謀要在當天夜裡謀殺鄧肯王！再以此逼迫馬爾康和唐納本出逃。馬克白夫妻認為，這就是一條登上王位的捷徑！

不過，就在暗殺計畫即將執行的時候，馬克白還是有些猶豫，畢竟自己是鄧肯王的親戚，又是他的臣子，說什麼也不應該做這麼大逆不道的事；鄧肯王來到自己的城堡作客，身為東道主，理當保障鄧肯王的安全，怎麼可以反而持刀行刺呢？再說，鄧肯王秉性仁慈，處理國政從來沒有過失，要是把他殺了，他生前的美德就會「像天使一般發出喇叭一樣清澈的聲音」，向世人昭告他的弒君重罪……

馬克白夫人察覺出丈夫有些退縮以後，立刻斥責道：「那麼當初是什麼畜生使你把這種企圖告訴我呢？是男子漢就應當敢做敢為！難道你不敢讓你的行為以及勇氣和你的欲望一致嗎？難道你寧願像一隻畏首畏尾的貓兒，為了顧全所謂的名譽，不惜成為你自己眼中的懦夫，讓『我不敢』永遠跟隨在『我想要』的後面嗎？其實，那個什麼『名譽』，只不過是一種沒用的裝飾品罷了！」

馬克白在妻子的驅策下完成了暗殺行動，卻仍拿著凶刀不知所措。菲斯利的畫表現了這血腥而黑暗的行為。

經過這番「鼓勵」，馬克白總算下定決心潛進鄧肯王睡覺的房間。這時候，馬克白的眼前突然出現了幻象——他居然看見空中有一把帶血的尖刀，刀柄向著他，彷彿是要讓他去拿，但是當他真的試著想去握住它的時候，又什麼都抓不到。

馬克白努力保持鎮定，心想一定是殺人的惡念才會使自己看到這種異象。

馬克白終於殺死了熟睡中的國王。

他的妻子在房門外焦急的等著。她在晚宴上特地把國王房裡的兩個侍衛灌醉，為的就是要讓丈夫方便行刺。其實，在馬克白潛進國王的房間之前，她也曾悄悄進去過，要不是鄧肯王睡著的樣子讓她聯想起自己的父親，她早就自己動手了。

血腥的暗殺行動完成後，馬克白夫人看到丈夫竟然還把凶刀拿在手上，立刻責怪道：「你幹麼把刀子拿出來？趕快把它放回去，這樣我們才能嫁禍給那兩個熟睡的侍衛啊！」

「我不願再回去了。我不敢回想剛才所幹的事，更沒有膽量再回去看一眼。」

「意志動搖的人！把刀子給我，我去放好了。哼，睡著的人跟死掉的人不過就像是畫像一樣，只有小兒的眼睛才會害怕畫中的魔鬼！」

馬克白曾經想過，要是他在這件變故發生前的一小時死去，他這一生至少可以說是活過一段幸福的時間；因為從血案發生的那一刻起，對於他來說，人生已經失去了嚴肅的意義，一切都不過是兒戲；美名和美德都已死去，生命的美酒也已喝完，剩下來的只是一些無味的渣滓……

天明之後，鄧肯王遭到謀害的慘劇立刻震驚了所有人，馬克白夫妻倆立刻裝出非常悲痛和愧疚的模樣，自責沒有做好安全工作。馬克白宣稱凶手就是睡在鄧肯王房裡的兩個侍衛，並且說自己在一時義憤之下，已經殺了那兩個侍衛。雖然有人懷疑兩個嫌疑人的背後另有主謀，也質疑馬克白不該那麼快就殺了他們，應該先好好的拷問他們，但馬克白仍振振有詞的說：「誰能夠在驚愕之中保持冷靜、在盛怒之中保持鎮定？我想世上大概沒有這樣的人吧！」

兩個王子馬爾康和唐納本眼看父王突然遇害，都感覺到他倆已經身陷一個極為危險的境地，不可測的命運隨時會吞噬掉他們；或許殺父凶手還在城堡裡，下一個謀害的目標就是他們；或許凶手會陷害他們，把這個弒君重罪套在他們的頭上。總之，兄弟倆迅速討論了一下，都覺得當下不是掉淚的時候，這裡也不是大放悲聲的場合，為了安全，兩個人立刻聞風而逃，走為上策！鄧肯王的長子馬爾康逃往英格蘭，次子唐納本則逃往愛爾蘭。

這麼一來，兩個本應繼承王位的王子也等於是放棄了王位，於是，馬克白就以第一順位的資格，被加冕為蘇格蘭的國王。

如願登上王位之後的馬克白，並沒有高興太久，心情就開始陰鬱起來。

因為，雖然三個女巫對他的預言已經完全應驗，可是這也使得馬克白更加擔心女巫其他的預言；他清清楚楚的記得，那天三個女巫也說，彭歌「雖然不是君王，可是子孫卻將要君臨一國」，這實在是一個既可怕又可惡的預言！

「這是什麼意思？」馬克白不平的想著：「難道我弄髒了自己的手，只是為了要替彭歌的子孫謀福利？我為了他們

三個女巫的預言，激發馬克白奪取王權的邪念，也導致他悲劇性的命運。
菲斯利的畫作。

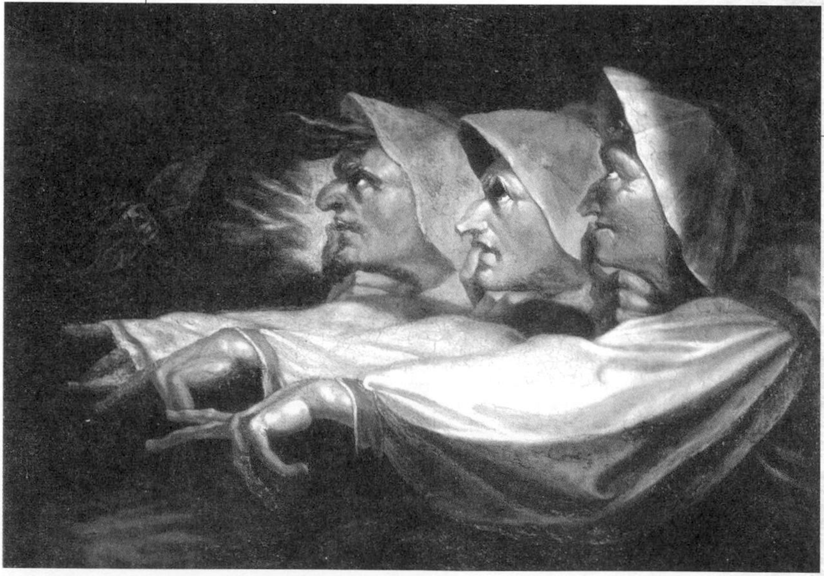

暗殺了仁慈的鄧肯王，從此良心上背負著重大的罪惡和不安，我把我永生的靈魂給了魔鬼，難道就只為了讓他們登上王座？不！這怎麼可以！我絕對不能忍受這樣的事！我寧願接受命運的挑戰！」

其實，在馬克白的內心對彭歌一直懷著深切的恐懼，因為彭歌人品高貴，有一種馬克白所沒有的東西；之前，其實馬克白曾經刺探過彭歌，甚至還對彭歌說「只要你聽我的話，保證你將擁有富貴」，可是彭歌完全不受利誘，明白表示「為了覬覦富貴而喪失榮譽的事，我是不幹的」，聽得馬克白在惱恨之餘也有幾分慚愧。

至於馬克白的夫人，在如願做了王后以後，也發覺並沒有之前想像中的暢快。因為，儘管鄧肯王被害的案子已經宣告結案，可是這並不能阻止眾人的揣測，大家普遍都認為馬克白的嫌疑最大，畢竟，說馬克白是凶手，總比說那兩個侍衛是凶手要更有說服力，這些流言使得馬克白夫人的內心也承受了不小的壓力。她甚至有一種「費盡心機，卻還是一無所得」的感覺，因為，表面上他們的目的雖然已經達到，可是他們卻一點也沒有滿足的感覺。

馬克白夫人想著：「要是用毀滅他人的手段，使自己置身在一種充滿疑慮的歡愉裡，那麼還不如那個被他們所害的人，倒還落得無憂無慮。」

不過，儘管如此，馬克白夫人還是盡力安慰丈夫，「為什麼要把你的思想念念不忘的集中在一個死人的身上？對於無法挽回的事，只好聽其自然，事情做了也就做了，算了吧，別想了。」

馬克白憂慮的說：「我擔心我們不過是刺傷了蛇身，卻並沒有把牠殺死，牠的傷口會慢慢平復過來，再用牠原來的毒牙向我們復仇……」

為了徹底擺脫這種憂慮，夫妻倆決定一不做、二不休，非要把彭歌和他的兒子弗里恩斯盡快除掉不可！

馬克白夫妻宣布要舉行一個盛大的宴會，邀請所有重要的爵士都來赴宴，其中當然也包括了彭歌和他的兒子弗里恩斯。

馬克白先假惺惺的親自去邀請彭歌父子，讓彭歌感覺到自己備受禮遇，好鬆懈彭歌在心理上的戒備，然後一轉身馬上就冷酷的安排刺客在半路埋伏，打算在彭歌父子前來王宮的時候展開襲擊，取兩人的性命！

在宴會即將開始之前，馬克白焦急的等待著刺客的回報。

當刺客報告彭歌的咽喉已經被割斷的時候，馬克白非常高興，誇獎刺客是「一個最有本領的殺人犯」。

「弗里恩斯呢？你要是也把他殺了，才算是一個頂尖的好漢！」

「陛下，弗里恩斯逃走了。」

宴席上，馬克白看到彭歌的鬼魂走進來，坐在王位上。愛爾蘭畫家麥克利斯畫出他面露驚惶的一幕。

「什麼？」馬克白非常生氣，也非常失望！他覺得自己的心病才要痊癒，現在又要發作了。

「我本來可以像大理石一樣完整，像岩石一樣堅固，像空氣一樣廣大和自由，可是現在……我卻被惱人的疑惑和恐懼所包圍和束縛著……」想到這裡，馬克白又問了一次：「至少彭歌是確實死了吧？」

「是的，陛下，他現在安安穩穩的躺在一條泥溝裡，他的頭上刻著二十道傷痕，就算是最輕的一道也可以致他於死地。」

「好吧，大蛇躺在那裡，那逃走的小蟲，將來一定會用牠的毒液來害人，不過現在牠的牙齒反正還沒長成，走著瞧吧！」眼前馬克白只好先擱下這個事，打起精神去跟客人們同歡。

馬克白夫人也提醒丈夫千萬不要怠慢了客人，畢竟，「客人如果只為吃飽的話，那在家裡吃就好了。宴席的歡愉就在主人的禮數」。她提醒丈夫要善盡主人之責。

馬克白走進大廳，一開始還裝傻問道：「哎呀，彭歌還沒到嗎？真是的，他怎麼遲到了呢……」

突然，馬克白說不下去了，露出一臉的驚惶和恐懼，因為，他竟然看見彭歌血淋淋的鬼魂走了進來，坐在王位上，無聲的怒視著馬克白。

「啊，你的頭髮上都是血……不，這不是我幹的，跟我無關……」馬克白臉色慘白，渾身顫抖。

在場的賓客都紛紛交頭接耳，「王上怎麼了？王上病了嗎？……」

王后趕緊站起來解釋：「尊貴的朋友們，王上常常是這樣的，這是他從小的毛病……」

她一方面果斷的連忙遣散賓客，一方面趕緊把丈夫拉到後頭，悄悄在他耳邊提醒他，「別這樣！別忘了你是一個男子漢！這多丟人！你瞪著一張凳子發什麼瘋！」

原來，別人都看不到彭歌的鬼魂。

馬克白夫人分析，這一定是像行刺鄧肯王那天晚上一樣，在那天夜裡，馬克白不是也曾看過一把帶著血的匕首的幻影嗎？

馬克白非常沮喪，「唉，我的疑神疑鬼導致自己當眾出醜，都是因為未經歷練、心懷恐懼的緣故，我們行事實在是太缺少經驗了……」

他同時也做了一個決定，「我明天就要去尋訪那三個女巫，聽聽她們還有什麼話要說，我現在非得從最妖邪的惡魔口中知道我最悲慘的命運不可……看來，流血是免不了的，流血必然會引起流血……我的雙足已經深陷於血泊之中，只能繼續涉血前進，否則回頭的路也是同樣令人厭倦……」

馬克白在森林的山洞裡找到了三個女巫。

其實三個女巫早就知道他會來，已經在著手準備可怕的巫術，把蝙蝠、毒蛇、蟾蜍的眼睛，還有狗的舌頭、蜥蜴的腿、貓頭鷹的翅膀、龍的鱗甲、狼的牙齒，以及女巫的木乃伊、長在墳墓上的水松枝等一大堆奇奇怪怪又噁心恐怖的東西，統統都丟進一口大鍋裡去煮；這個巫術可以把一些陰間的鬼怪叫出來，命他們說出一些關於未來的事。

自從上回透露了那些神祕的訊息給馬克白以後，這三個女巫就被掌管一切災禍的巫界總管給臭罵了一頓。

這個總管大怒道：「妳們所幹的事都只是為了一個剛愎自用、殘忍狂暴的人，他像所有的世人一樣，只知道自己的利益，一點也不會對妳們存著什麼好意……」

總管還說：「我要布置出一場悲慘的結果，讓種種虛妄的幻影迷亂了他的本性，他將要藐視命運，唾斥生死，超越一切的情理，排棄一切的疑慮，執著於他不可能的希望。哼，妳們都知道自信是人類最大的仇敵……」

於是，三個女巫開始為馬克白召喚鬼怪。

第一個在雷鳴中被叫出來的幽靈，看起來像個戴著鋼盔的頭顱。

馬克白不怕，直視著幽靈說：「告訴我，你這個不可思議的力量……」

「噓！」一個女巫打斷道：「他知道你的心事，聽他說，你不用開口。」

果然，幽靈用悽悽慘慘的聲音叫道：「馬克白！馬克白！馬克白！留心麥克德夫！留心法夫爵士！」

「麥克德夫？哼，我早就知道這個傢伙有問題。」馬克白覺得幽靈說得很對，他早就覺得這個法夫爵士遲早會對自己不利。

說完，幽靈就消失了。

不過，很快的，第二個幽靈就來了，樣子看起來像是一個流著血的小孩。

「馬克白，你要殘忍、勇敢和堅決，你不用擔心，凡是婦人所生下的人都不能傷害馬克白！」

馬克白聽到這樣的預言很高興，心想：「雖然我忌恨麥克德夫已久，他一直在找我的麻煩，可是我何必怕他呢，反正世間凡是婦人所生下的人都不能傷害我！」

第三個幽靈看起來也是一個小孩，但是模樣沒剛才那個那麼可怕。這個幽靈的頭上戴著一頂王冠，手上拿著一棵小樹。

幽靈說：「你要像獅子一樣的驕傲而無畏，不要關心人家的怨怒，也不要擔憂有誰在算計你，馬克白永遠不會被人打敗，除非有一天勃南的樹林會向鄧西嫩高山移動。」

「哈哈，這是不可能的事，誰能讓樹木從泥土裡拔出根來移動呢？看來我可以高枕無憂了！……可是，我還想知道一件事，彭歌的後裔會不會在這個國土上稱王？」

幽靈不回答，並且形體開始模糊起來。馬克白知道這意味著幽靈即將消失，急著大叫：「別走！回答我！」

三個女巫都幽幽的說：「不要再問了……」

「我一定要知道！啊，要是妳們不告訴我，願永久的詛咒降臨在妳們身上！……」

這時，隨著第三個幽靈的隱入地下，突然有七八個影子冒了出來，他們都穿著國王般的裝束，頭上戴著王冠，魚貫的從馬克白的面前走過。馬克白仔細一看，最後一個分明像是彭歌的影子，而且還指著前面那些影子向馬克白慘笑。馬克白明白過來，彭歌的意思分明是說，前面那些影子都是他的子孫！

「什麼？真的會是這樣嗎？」馬克白戰慄不已。

就在馬克白備受打擊、呆若木雞的時候，三個女巫用魔法奏起一陣音樂，又圍著他跳了一會兒詭異的舞蹈之後，就消失了。

馬克白搖搖晃晃的走出山洞，就接到一個消息——法夫爵士麥克德夫已經逃往英格蘭，顯然是投奔流亡在英格蘭的馬爾康去了。

馬克白大怒，立刻發兵突襲法夫，很快便把麥克德夫的城堡打下來了，而且還下一道非常殘暴的命令，要把城堡裡所有的人——包括麥克德夫還沒來得及帶走的家人，全部殺光，一個活口也不留。幸好麥克德夫的妻兒在混亂中即時出逃，總算是倖免於難。

馬克白如此暴虐，令他人心盡失，在他手下的貴族一個個都起了異心，很快的所有能夠逃走的都逃走了，而且幾乎都是逃往英格蘭。過不了多久，馬爾康就聚集了很多兵馬，聲稱要為父親鄧肯王復仇。勇猛善戰的麥克德夫則是馬爾康手下的一名大

將。

這支討伐馬克白的軍隊逐漸逼近。就在這個時候，一直是馬克白最堅定、恐怕也是唯一的同盟者——王后，卻病死了。她長期失眠，就算偶爾能夠入睡，在睡夢中也還是毫無意識的走動甚至是說話，所說的內容都非常恐怖，比方說「啊，一個老頭兒怎麼會流那麼多的血！」，或是「把你的手洗乾淨，不要這樣慘無人色，我再告訴你一遍，彭歌已經死了，他是不會從墳墓裡爬出來的！」……

醫師說，反常的行為總會引起反常的紛擾，良心負疚的人往往會向無言的寢具洩漏他們的祕密，王后顯然需要教士的訓誨甚過於醫師的診治。

王后的精神愈來愈衰弱，體力也愈來愈不濟，終於，她嚥下最後一口氣，結束了罪惡的生命。

在她死後，就再也沒有人可以撫慰馬克白，馬克白也愈來愈感到了無生趣。

然而，叛軍已經快打到家門口了，他還是得勉強打起精神，守著自己那固若金湯的城堡。同時，他也努力給自己打氣，經常會這麼想著：「馬爾康那小子算什麼？不是說世間凡是婦人所生下的人都不能傷害我嗎？……哼，不忠的爵士們，要滾就統統滾吧！我的頭腦永遠不會被疑慮所困擾，我的心靈也永遠不會被恐懼所震盪！……」

這天，一個使者慌慌張張的跑來向馬克白報告，當他在山頭守望的時候，朝著勃南山望過去，竟然發現那裡的樹木都在移動。

馬克白暴怒道：「說謊的奴才！」

「是真的！」使者恐懼萬分，「在這三里路以內，您可以看見一座活動的樹林正朝這裡過來！」

其實，之所以會出現這個異象，是因為馬爾康率軍經過勃南森林的時後，為了避免讓馬克白輕易掌握他們到底有多少兵馬，於是下令每個士兵都砍下一根大樹枝捧著，藉以混淆虛實，結果遠遠看過去就好像是森林在移動。

馬克白沒有想到馬爾康這麼有智謀，想到幽靈曾經說「馬克白永遠不會被人打

敗，除非有一天勃南的樹林會向鄧西嫩高山移動」，他的信心開始動搖了。

但是，馬克白又想，「既然要逃也逃不了，留在這裡也是坐以待斃，不如還是出去應戰吧！就算死，我也要死在沙場！」

不久，馬克白在戰場上被麥克德夫攔住。麥克德夫對馬克白恨之入骨，恨不得一刀就能解決馬克白的性命。

「嘿嘿，麥克德夫，你傷不了我的，我的生命是有魔法保護的，世間凡是婦人所生下的人都不能傷害我！」

萬萬沒有想到，麥克德夫竟然回應道：「是嗎？那麼我告訴你，不要再相信你的魔法了，我並不是由婦人所生下的，我是還沒有足月就直接從母親的身體裡剖出來的！」

「什麼？」馬克白十分震驚，顫抖的說：「我要詛咒那些告訴我這些話的舌頭！它們使我失去了男子漢的勇氣！啊，但願永遠不要有人再相信這些欺人的魔鬼！原來他們總是用一些模稜兩可的話來愚弄我們，雖然看起來像是句句靈驗，實際上卻和我們的期望完全相反！」

「那麼就投降吧，懦夫！」麥克德夫輕蔑的說：「我們可以饒你一命，但要叫你出醜，帶你去遊街示眾，再掛著木牌，上頭寫著『大家來看暴君』！」

「絕不！我絕不投降！」馬克白大吼道：「我不願低頭吻馬爾康那小子腳下的泥土，也不願意被那些下賤的民眾任意唾罵！雖然勃南森林已經到了鄧西嫩，雖然今天和你狹路相逢，雖然你偏偏不是由婦人所生，可是現在我要扔掉我的盾牌，跟你血戰到底！」

經過一番激戰之後，麥克德夫制服了馬克白，砍下他的首級，呈獻給那位年輕的合法國王馬爾康。

馬爾康終於收回了他的政權，成為蘇格蘭的國王。

關於《馬克白》

非關預言

很多人都說，《馬克白》是一個噩夢，因為其中充滿了暴力（包括主人翁馬克白就是用暴力手段使女巫的預言變為真實），還有謀殺、流血、幽靈、鬼魅、女巫作法等情節，有人甚至說，《馬克白》是莎士比亞作品中最簡短、最暴力，但同時戲劇結構也最精緻的一齣悲劇。

有一種悲劇的形式在中世紀相當流行，就是藉由某一個大人物的成敗，來做某種道德教訓的提醒。《馬克白》也可以歸為這一類的作品。不過，莎士比亞的確是描寫人物內心活動的天才，《馬克白》中所展現的仍是以一個大人物幽暗的內心世界為主。

本來，三個女巫的預言僅僅是預言而已，如果一笑置之（譬如彭歌的反應就是這樣），其實也不會有什麼事，然而，女巫的預言激起馬克白及其妻子邪惡的野心，也成了直接導致最終悲劇的關鍵。

「馬克白夫人」是莎翁筆下有名的壞女人，令人印象十分深刻。

附

莎翁戲劇‧感動世代

蔡宜容◎知名兒童文學作家
英國瑞汀大學兒童文學碩士

坎城影展為紀念六十周年，邀歷任獲金棕櫚獎導演拍十五分鐘短片，成就迷人的「浮光掠影——我和我的電影院」，其中伊朗導演阿巴斯的十五分鐘，一開場就是令人心碎又熟悉的《羅密歐與茱麗葉》主旋律，電影院裡坐著老中青三代，當殉情的一幕降臨，黑暗中響起唏唏嗦嗦，啜泣的聲音，銀幕中傳來溫柔的謝幕獨白「……再沒有一個故事比茱麗葉和她的羅密歐更令人傷心。」

短片的名字是《我的羅密歐在哪裡？》導演當然有他的隱喻，國族之間以上帝之名帶來仇恨殺戮，所有人都被懲罰，羅密歐注定要殉情。

四百年前莎士比亞的悲劇，依舊惹來新鮮熱辣的眼淚，以前如此，現在如此，未來應該也是如此。

悲劇的力量在於「無力逆轉」。只要再等一下，再小心一點，雙方家族再忍讓一點，親愛的羅密歐與茱麗葉就可以過著幸福快樂的日子啊！如果都能這麼冷靜理智做出最佳抉擇，人人都成了活神仙；悲劇的力量在於，主角們毫不煞車的往死裡去，觀眾如你我急著大喊「不可以」，終究無力回天。

莎士比亞是此中高手，而且是冷血高手，下筆不容情，把人類可能面臨的醜惡與美善、猶豫與莽撞、卑劣與仁慈，瘋狂與理性，一口氣推到頂，沒轉圜餘地。

《李爾王》更是如此。

這齣戲被譽為「藝術的極致」，一個對愛需索無度，情緒極度狂暴的老頭，跨越世代糾纏人心，多數莎劇演員的終極夢想就是在舞臺上扮演這個從國王淪為乞丐的悲劇人物，為什麼？

我讀到一個有趣的說法，因為《李爾王》以身證道「追求無限，卻衰老必敗」，沒有人逃得過。

聽起來有點驚悚，你可能快要吼出來：「幹麼歧視老人！」

但是，字面上的意義不見得是唯一標準答案。

臺灣騎重機追夢的老人紅到美國雜誌跨海專訪，九十歲的阿祖照樣參加馬拉松，美國股神巴菲特都快八十了吧，隨便說句話，全球投資人都要豎起耳朵聽……這年頭「老人」可以幹的事可多了。「衰老必敗」這塊路標指向死亡，人類最終、最公平，毫無逆轉可能的唯一結局，在這之前，愚蠢、瘋狂、失望、覺醒，所有好與不好的，李爾王經歷過，你我或許也將一一品嘗。

四百年前，莎士比亞狠狠的把它寫下來。

《馬克白》、《哈姆雷特》、《奧塞羅》是另外三個煞不住車的悲劇，主角們各自懷抱著殘缺的性格，一手導演自身的毀滅，他們或者因為失控的野心、過度的壓抑，以及失去理智的嫉妒，看山不是山，看水不是水，世間萬物都成了折磨別人和自己的徵兆或天啟。

他們大可不必如此，性格卻像定時炸彈的引線，一旦點燃必爆無疑，是謂悲劇。四百年前，莎士比亞狠狠的埋下地雷……

國家圖書館出版品預行編目（CIP）資料

莎士比亞悲劇故事精選／管家琪改寫. -- 初版 .
--臺北市：幼獅, 2012.01
面；　公分. --（多寶槅；181）
ISBN 978-957-574-859-3（平裝）

873.4335　　100026501

多寶槅181

莎士比亞悲劇故事精選

改　　寫＝管家琪
封面繪圖＝岳　宣
出 版 者＝幼獅文化事業股份有限公司
發 行 人＝李鍾桂
總 經 理＝廖翰聲
總 編 輯＝劉淑華
主　　編＝林泊瑜
編　　輯＝朱燕翔
美術編輯＝黃瑋琦
總 公 司＝10045台北市重慶南路1段66-1號3樓
電　　話＝(02)2311-2832
傳　　真＝(02)2311-5368
郵政劃撥＝00033368

門市
- 松江展示中心：10422台北市松江路219號
  電話：(02)2502-5858轉734　傳真：(02)2503-6601
- 苗栗育達店：36143苗栗縣造橋鄉談文村學府路168號（育達商業科技大學內）
  電話：(037)652-191　傳真：(037)652-251

印　　刷＝祥新印刷股份有限公司
定　　價＝299元
港　　幣＝100元
初　　版＝2012.01
書　　號＝987202

幼獅樂讀網
http://www.youth.com.tw
e-mail：customer@youth.com.tw

行政院新聞局核准登記證局版台業字第0143號

幼獅文化公司／讀者服務卡／

感謝您購買幼獅公司出版的好書！
為提升服務品質與出版更優質的圖書，敬請撥冗填寫後（免貼郵票）擲寄本公司，或傳真（傳真電話02-23115368），我們將參考您的意見、分享您的觀點，出版更多的好書。並不定期提供您相關書訊、活動、特惠專案等。謝謝！

基本資料

姓名：……………………先生／　小姐

婚姻狀況：□已婚 □未婚　職業：□學生 □公教 □上班族 □家管 □其他

出生：民國……………年……………月……………日

電話：（公）……………（宅）……………（手機）……………

e-mail：……………………

聯絡地址：……………………

1.您所購買的書名：**莎士比亞悲劇故事精選**

2.您通常以何種方式購書?：□1.書店買書　□2.網路購書　□3.傳真訂購　□4.郵局劃撥
（可複選）　□5.幼獅門市　□6.團體訂購　□7.其他

3.您是否曾買過幼獅其他出版品：□是，□1.圖書　□2.幼獅文藝　□3.幼獅少年
□否

4.您從何處得知本書訊息：□1.師長介紹　□2.朋友介紹　□3.幼獅少年雜誌
（可複選）　□4.幼獅文藝雜誌　□5.報章雜誌書評介紹……………報
□6.DM傳單、海報　□7.書店　□8.廣播(　　　　)
□9.電子報、edm　□10.其他……………

5.您喜歡本書的原因：□1.作者　□2.書名　□3.內容　□4.封面設計　□5.其他

6.您不喜歡本書的原因：□1.作者　□2.書名　□3.內容　□4.封面設計　□5.其他

7.您希望得知的出版訊息：□1.青少年讀物　□2.兒童讀物　□3.親子叢書
□4.教師充電系列　□5.其他

8.您覺得本書的價格：□1.偏高　□2.合理　□3.偏低

9.讀完本書後您覺得：□1.很有收穫　□2.有收穫　□3.收穫不多　□4.沒收穫

10.敬請推薦親友，共同加入我們的閱讀計畫，我們將適時寄送相關書訊，以豐富書香與心靈的空間：

(1)姓名……………e-mail……………電話……………

(2)姓名……………e-mail……………電話……………

(3)姓名……………e-mail……………電話……………

11.您對本書或本公司的建議：

廣	告	回	信

台北郵局登記證

台北廣字第942號

請直接投郵 免貼郵票

10045 台北市重慶南路一段66-1號3樓

幼獅文化事業股份有限公司

請沿虛線對折寄回

客服專線：02-23112832分機208 傳真：02-23115368

e-mail：customer@youth.com.tw

幼獅樂讀網http：//www.youth.com.tw